KJB

© privat

Barbara van den Speulhof, in Aschaffenburg geboren, arbeitet als Autorin, Texterin, Hörspielproduzentin und Regisseurin überwiegend für Kinderproduktionen. Für viele Kinofilme hat sie Hörspiele produziert und begleitende Bücher geschrieben. Sie lebt in Frankfurt am Main.

© Jann Henn

Astrid Henn, geboren in Aachen, arbeitete nach ihrem Studium der Visuellen Kommunikation als Artdirektorin für Hamburger Werbeagenturen sowie als selbständige Designerin und Illustratorin. Seit einigen Jahren arbeitet sie ausschließlich als Illustratorin und illustriert am liebsten Bücher für Kinder. Sie lebt mit ihrer Familie in Hamburg.

Weitere Informationen zum Kinder- und Jugendbuchprogramm der S. Fischer Verlage finden sich auf www.fischerverlage.de

Barbara
van den Speulhof

Die nahezu unerschrockenen 5

Mit Bildern von
Astrid Henn

KJB

Alle Bücher von
Barbara van den Speulhof
bei FISCHER KJB

Pippa, die Elfe Emilia und die Katze Zimtundzucker
Pippa, die Elfe Emilia und die Käsekuchenschlacht
Pippa, die Elfe Emilia und das Heißundeisland
Schutzengel Valentina von Wolke 17
Olga und Co – Die Sache mit Patzkes Brief
Olga und Co – Die Sache mit dem Glücksräuber
Dreizehn wilde Weihnachtskerle

MIX
Papier aus verantwortungsvollen Quellen
FSC® C083411

Erschienen bei FISCHER KJB

Umschlaggestaltung: Norbert Blommel, MT-Vreden,
unter Verwendung einer Illustration von Astrid Henn
Gesamtherstellung: CPI books GmbH, Leck
Printed in Germany
ISBN 978-3-7373-4115-8

1. Kapitel

»Eine Sensation! So was hat die Welt noch nicht gesehen! Ein zehnjähriger Junge wurde zum Sternekoch gekürt! Ja, Sie haben richtig gehört, meine Damen und Herren! Bitte begrüßen Sie mit einem großen Applaus ...«

Die Tür zum Badezimmer flog auf.

»Ach, hier bist du, Linus! Ich hab dich überall gesucht.«

Siri nahm ihrem Bruder den Föhn aus der Hand.

»Hey, gib mein Mikrophon her!«

Linus war stinksauer. Seine Schwester Siri hatte die Fernsehübertragung der großen Preisverleihung unterbrochen. Gleich hätte er, Linus, der Fernsehmoderator, dem jüngsten Starkoch der Welt, ebenfalls Linus, einen Stern für meisterhaftes Kochen verliehen. Und Millionen von Menschen hätten die Übertragung im Fernsehen live mitverfolgt.

Linus kletterte vom Hocker, den er vor das Waschbecken gestellt hatte, um sich selbst im Spiegel sehen zu können.

»Du bist erst neun und nicht zehn«, korrigierte ihn seine Schwester.

»Ich weiß«, sagte Linus. »Aber im Spiel ist das total egal.«

Siri musste ihm recht geben.

»Dann wäre jetzt vielleicht Werbepause?«, schlug sie vor. »Wir müssen nämlich los. Um vier ist Vollversammlung. Die hat Tilda einberufen.«

Okay. Eine Vollversammlung war wichtiger. Das bedeutete, dass sich die Kinder am Dorfplatz, auf der Bank vor dem Gasthof Goldene Linde trafen, um etwas Wichtiges zu besprechen.

Neben Linus und Siri gehörten Fine, Erwin und Tilda dazu. Mehr Kinder gab es nicht in Oberunterlinksrechtshausen, dem Dorf, in dem sie wohnten. Zumindest keine Kinder im richtigen Alter. Mit den Babys und Kleinkindern konnten die Fünf nichts anfangen. Und die älteren Jugendlichen konnten mit ihnen nichts anfangen.

Als die Turmuhr viermal schlug, kamen sie am Dorfplatz an. Fine und Erwin warteten schon. Wie Siri und Linus waren sie Geschwister. Fine war zehn, Erwin zwölf Jahre alt.

»Wisst ihr, worum es heute geht?«, wollte Erwin wissen.

Siri schüttelte den Kopf. »Nee, keine Ahnung, was Tilda sich ausgedacht hat.«

Sie setzten sich neben die beiden auf die Bank.

Außer ihnen war sonst keiner auf der Straße. Es war so still, dass man jede noch so kleine Maus hätte husten hören können. Nichts Ungewöhnliches in Oberunterlinksrechtshausen.

Dann aber kündigte sich Tildas Ankunft mit dem Geräusch eines klappernden Schutzblechs an. Wenig später bog sie mit ihrem Fahrrad um die Ecke.

»Sorry, ich bin ein bisschen spät«, sagte sie atem-

los. »Ich musste Uropa suchen, der war mal wieder ausgebüxt.«

Der, den Tilda Uropa nannte, war gar nicht ihr echter Uropa. Sie nannte ihn nur so, weil er sonst niemanden hatte, der ihn so nannte. Er wohnte im Haus nebenan, war manchmal etwas verwirrt und machte seltsame Sachen. Mit seiner Gitarre von zu Hause abzuhauen, war eine seiner Lieblingsbeschäftigungen. Er sagte dann, er wäre Straßenmusiker und müsste zur Arbeit.

»Und? Hast du ihn gefunden?«, fragte Linus.

»Ja. Jetzt ist er wieder zu Hause. Rutsch mal.«

Linus rutschte ein Stück. Rüber zu Siri. Die saß rechts neben ihm.

Dann rutschte Siri ein Stück. Rüber zu Fine. Die saß rechts neben ihr.

Dann rutschte Fine ein Stück. Rüber zu Erwin. Der saß rechts neben ihr.

Als Erwin ein Stück nach rechts rutschen wollte, war die Bank zu Ende.

Dass er nicht runterfiel, hatte er nur Fine zu verdanken, die ihn geistesgegenwärtig am Ärmel festhielt.

»Danke«, sagte Erwin. »Ich wusste, dass eine kleine Schwester für irgendwas gut ist.«

Für diese blöde Bemerkung hätte Fine Erwin am liebsten von der Bank geschubst.

Tilda lehnte sich zurück und verschränkte die Hände hinter dem Kopf. »Ich finde, Linus ist jetzt alt genug.«

Siri, Fine und Erwin machten »Hä?« und meinten damit »Wofür ist er alt genug?«

»Ich finde auch, dass ich alt genug bin!«, freute sich der ahnungslose Linus, dem es einfach nur gefiel, für irgendetwas alt genug zu sein. Immer der Jüngste zu sein, war echt nicht leicht.

Mulmig wurde ihm erst, als Tilda ihm erklärte, dass sie an eine Mutprobe dachte. Dass er eine machen musste, war ihm klar. Zumindest wenn er voll dazugehören wollte. Aber musste das ausgerechnet jetzt sein? Hatte das nicht noch ein bisschen Zeit?

Die anderen vier hatten ihre Mutprobe bereits bestanden.

Tilda hatte sich am Ostersonntag in die Baumkrone der Linde am Dorfplatz setzen und eine Stunde lang Weihnachtslieder singen müssen.

Erwin hatte zehn glitschige Nacktschnecken mit bloßer Hand einsammeln und in Briefkästen stecken müssen.

Fines Aufgabe war ein Klingelstreich gewesen. Pipileicht, hatte sie gedacht, als sie noch nicht wusste, dass sie dafür an Halloween um Mitternacht aus dem Haus schleichen und sämtliche Klingeln im Dorf hatte drücken müssen. Manche Leute hatten übel geschimpft, und die kauzige Henny Eierhals hatte sogar abgenagte Kotelettknochen nach ihr geworfen.

Siri hatte eine Liste mit Fragen bekommen. Die hatte sie Erwachsenen auf der Straße vor der Schule stellen und dabei total ernst bleiben und unschuldig gucken müssen. »Können Sie mir helfen? Ich suche die Sesamstraße.« Oder »Haben Sie meinen Affen, Herrn Nilsson, gesehen?« Oder »Meine Schule ist verschwunden. Ist mein Klassenzimmer vielleicht hier vorbeigeflogen?«

»Okay. Ich bin bereit«, sagte Linus schließlich. Es war ihm peinlich, dass seine Stimme dabei zittrig klang. Er räusperte sich und wiederholte mit fester Stimme, was er eben schon gesagt hatte. »Was muss ich tun?«, fügte er hinzu.

Was er tun musste? Tja, das wusste Tilda selbst noch nicht genau. Sie wollte sich bis morgen etwas Passendes überlegen.

In dieser Nacht brauchte Linus zwei Stunden länger als sonst, um einzuschlafen.

2. Kapitel

Tilda steckte die Brotdose in ihre Schultasche, zwirbelte ihre langen dunkelbraunen Locken zu etwas, das aussehen sollte wie ein Pferdeschwanz, und verließ das Haus. Tschüs sagte sie nicht. Es war nämlich keiner mehr im Haus, der ihr zurückgetschüst hätte.

Mario, der Freund ihrer Mutter, war schon um halb sieben gegangen. Jemand von der Lokalzeitung, für die er arbeitete, hatte angerufen. Drei Schweine und fünf Ferkel waren in der Nacht spurlos verschwunden. Mario sollte hinfahren, um die Lage zu checken. Er sollte Fotos und ein

Interview machen und dann einen Artikel drüber schreiben.

Tildas Mutter war auf Geschäftsreise. Das war sie oft. Und Tilda beneidete sie darum. Ihre Mutter war an Orten, wo mehr los war als in Oberunterlinksrechtshausen, wo entlaufende Schweine die Sensation des Jahres waren.

Siri und Linus warteten vor dem Haus auf Tilda.

»Nach meinen Berechnungen hast du eine Schrittlänge von achtzig Zentimetern«, rief Linus Tilda zu. »Bei einer Entfernung von dreihundertzwanzig Metern von deinem Haus bis zu unserem, brauchst du also insgesamt …«

»Schon gut«, sagte Tilda. »Ich weiß, dass du gut rechnen kannst. Du bist unser Zahlenmeister.«

»Und ein Küchenmeister!«, grinste er und rannte los, die Straße entlang bis fast zum Ende. An einem niedrigen Gartentor stoppte er und drückte auf den Klingelknopf.

»Einundzwanzig, zweiundzwanzig, dreiundzwanzig…«, zählte er mit Blick auf die Eingangstür des kleinen weißen Hauses.

Erwin machte auf.

»Yeah! Heute habt ihr nur drei Sekunden gebraucht!«, rief Linus. »Das ist absoluter Rekord!«

Kein Wunder. Erwin und Fine hatten hinter dem Küchenvorhang auf Linus gelauert.

Erwin sprang die drei Stufen von der Haustür zum Gartenweg in einem Satz runter.

Fine, das Mädchen mit den rötlichen schulterlangen Haaren, hüpfte hinterher.

»Beeilt euch!«, ertönte eine Stimme aus der Küche, die eindeutig nach Mama klang. »Der Marienkäfer kommt gerade angeflogen!«

Die Kinder schauten hoch zu dem bewaldeten Hang, auf dem sich eine schmale Straße entlangschlängelte. Dann hörten sie die quäkende Hupe des roten Kleinbusses.

Die Kinder hatten dem Kleinbus den Namen »Marienkäfer« gegeben. Weil er außen rot war und innen eine Marie am Steuer saß. Diese Marie war rund wie ein Käfer und immer gutgelaunt. Gute Laune bedeutete bei Marie auch laute Laune. Das konnte auch anstrengend sein. Vor allem morgens, wenn die Ohren noch nicht wach waren. Trotzdem liebten die Kinder Marie. Sie war lustig. Und damit eine Ausnahmeerscheinung unter den Erwachsenen.

Während der Bus auf das Dorf zufuhr, klebte Tildas Blick an dem einzeln stehenden, etwas windschiefen Haus oben am Hang.

»Jetzt komm, Tilda!«, drängte Siri. »Marie mag es nicht, wenn sie auf uns warten muss.«

Sie flitzten zum Dorfplatz.

Linus war als Erster im Marienkäfer. Als die anderen auf ihren Plätzen waren, zählte er durch.

»... zwei, drei, vier, fünf. Alle da, Marie!«

Marie legte den Gang ein und fuhr los.

»Was würde ich bloß machen, wenn ich dich nicht hätte, Linus?!«, kicherte sie und fing an zu singen. »All you need is love, dadadadada ... all you need is love ...«

Das war von den Beatles. Marie sang immer was von den Beatles. Das war ihre Lieblingsband. Die Lieder erinnerten sie an früher. Sie sagte dazu »meine schlanke Zeit«. Damals war sie nur halb so dick gewesen und hatte sich auf dem Feuerwehrball in Heinrich Hahn verliebt und er sich in sie.

Das Verliebtsein von Marie und Heinz hatte gar nicht aufhören wollen. Deshalb hatten sie irgendwann geheiratet. Und verheiratet waren sie auch heute noch. Vielleicht lag es daran, weil sie immer was von den Beatles sang. »All you need is love« und so.

Schade, dass die beiden nicht in Oberunterlinksrechtshausen wohnten, sondern in der Kreisstadt.

Der Marienkäfer kroch so langsam die Hangstraße hoch, dass die Kinder auch locker hätten nebenherlaufen können.

Tilda tippte Linus auf die Schulter. »Siehst du das Haus da?« Sie deutete auf den Gipfel des Hangs.

Linus nickte.

»Weißt du, wer darin wohnt?«

Linus nickte.

»Sag den Namen.«

Linus schüttelte den Kopf. »Wenn man diesen Namen ausspricht«, flüsterte er, »ist das der Anfang vom Ende.«

Tilda pustete sich eine Locke aus der Stirn. »Ah, ich verstehe. Du traust dich nicht«, stichelte sie.

Aber Linus traute sich wohl. Nachdem er dreimal geschluckt und einmal tief durchgeatmet hatte.

»Sie heißt Wanda. Sie ist eine Hexe, und sie frisst kleine Kinder! Das weiß doch jeder!«

»Was zu beweisen wäre«, schmunzelte Tilda und lehnte sich entspannt zurück. Und plötzlich war sie da. Die Idee für die Mutprobe ...

3. Kapitel

Eine alte Frau stand am Fenster des alten Holzhauses und ließ ihren Blick über das Tal schweifen. Ihr langes weißes Haar war hochgesteckt zu einer Art Haarknäuel, das aussah wie ein zerrupftes Vogelnest. Sie trug ein bodenlanges Kleid. So weit wie ein Kartoffelsack, aber viel bunter.

Sie drehte sich um. »Komm, Herr Abendrot.«

Ein weißer Hund von der Größe eines Kalbs hob den Kopf und schaute sie erwartungsvoll an.

»Los, machen wir Frühstück.«

Herr Abendrot stand auf, streckte sich und tappte der Alten hinterher.

»Was wollen wir heute essen?«

Keine Antwort.

In der Küche angekommen, öffnete sie die Tür zur Vorratskammer.

»Wollen wir doch mal sehen. Also, ich hätte anzubieten: marinierte Spinnenbeine, knusprig gebratene Krötenköpfe oder gegrillte Kinderfinger pikant gewürzt.«

Herr Abendrot stellte sich vor seinen Futternapf und machte hungrige Geräusche.

»Ich denke, wir nehmen die Krötenköpfe. Die Kinderfinger sehen so mager aus. Davon wird ein ausgewachsener irischer Wolfshund nicht satt.«

Herr Abendrot knurrte etwas Unverständliches. Möglicherweise hieß das: »Ja, das finde ich auch.«

Eine Katze stolzierte in die Küche und strich der Frau schnurrend um die Beine.

»Haben wir dich mit unserem Gerede über das Essen aufgeweckt, Frau von Morgenstern?«

Die Frau streichelte mit ihrer knochigen, von blauen Adern durchzogenen Hand das Fell der fast schwarzen Katze. Rund um den Hals war das Fell allerdings weiß wie ein Hemdkragen. Sehr vornehm.

Frau von Morgenstern gähnte und zeigte ihre spitzen Zähne. Weniger vornehm.

Als die Frau nach den Futterdosen griff, bimmelte die Schiffsglocke, die draußen neben der Haustüre hing.

»Wer stört am frühen Morgen?«, brummte die alte Frau und schlurfte barfuß durch den dunklen Flur. Die alte Holztür knarzte beim Öffnen. Ziemlich laut und ziemlich gespenstisch. Der Mann in der blauen Uniform wich erschrocken einen Schritt zurück.

»Was fällt der Polizei ein, mich noch vor dem Frühstück zu behelligen?«, blaffte die Frau den Polizisten an. Als der Uniformierte Herrn Abendrot sah, wich er noch einen Schritt zurück. Er stolperte und wäre fast im Rosenbeet gelandet.

»Könnten Sie bitte, ich meine, den Hund. Könnten Sie den eventuell bitte unbedingt jetzt gleich an die Leine nehmen?«, stammelte er und nahm die Mütze vom Kopf.

»Bei mir wird niemand an die Leine genommen«, sagte die Frau und strich dem Hund über den Kopf. »Zumindest keine Haustiere. Mit blitzenden Augen musterte sie ihn von oben bis unten und wieder zurück. »Bei Menschen könnte ich mir das allerdings noch einmal überlegen.«

Der Polizist knetete seine Mütze wie der Bäcker den Brotteig.

»Jetzt mal ehrlich«, lachte die Alte, »vor wem haben Sie mehr Angst? Vor mir oder vor dem Hund?«

»Das weiß ich nicht, also, ich meine, mir wäre wohler, ich meine, wenn Sie, ich meine ...«

»Ganz schön anstrengend, Ihnen zuzuhören«, unterbrach ihn die Frau. »Das dauert ja ewig, bis Sie einen Satz rauskriegen. Was wollen Sie?«

Herr Abendrot wuffte.

Der Polizist schnaufte laut und sagte leise: »Dem Bauer Krummbier fehlen die Schweine. Und die Ferkel.«

Herr Abendrot beäugte ihn argwöhnisch.

»Sie sind einfach nicht mehr da. Sozusagen weg. Seit heute Morgen. Und da meinte ich ... äh ... ich wollte Sie fragen ...«

»So, so«, nickte die Alte. »Sie meinen wohl, die alte Schachtel da oben auf dem Hang hat bestimmt

Krummbiers Schweine und Ferkel gestohlen. Und jetzt frisst sie sie alle auf.«

Herr Abendrot knurrte.

»Nein, nein!«, winkte der Polizist ab. »Es ist nur ... vielleicht haben Sie ja was gesehen. Oder gehört. Das wollte ich nur wissen. Es ist doch seltsam, dass drei Schweine und fünf Ferkel plötzlich weg sind. Wie vom Erdboden verschluckt.«

Die Frau krächzte ein kehliges Lachen.

»Dann wissen Sie ja, wo Sie suchen müssen.«

Der Polizist kuckte ratlos. »Wie meinen Sie das?«

»Graben Sie, mein Lieber! Graben Sie!«

Ihr Lachen ging über in ein glucksendes Husten.

»Wenn der Erdboden die Tiere verschluckt hat, müssen sie dort sein.« Sie lachte, hustete, lachte. »Soll ich Ihnen vielleicht einen Spaten leihen?«

Ohne eine Antwort abzuwarten, warf sie dem Polizisten die Tür vor der Nase zu. Seufzend brachte der seine Mütze wieder in Form und trottete zu seinem Streifenwagen.

Die Alte ging zurück in ihre Küche.

»Was sagst du dazu, Herr Abendrot? Noch vor dem Frühstück kommt dieser uniformierte Gesetzeshüter und meint, ich habe nichts Besseres zu tun, als Schweine zu klauen. Dabei weiß doch jeder, dass man vor dem Frühstück etwas ganz anderes tun sollte.«

Sie streichelte Herrn Abendrot den Kopf. Sie musste sich nicht mal bücken, so groß war der weißfellige Vierbeiner.

»Weißt du noch, was genau man tun soll?«

Herr Abendrot bellte ein paarmal.

»Fast richtig!«, sagte die Frau. »Sechs Dinge sind es, um genau zu sein. An sechs unmögliche Dinge sollte man schon vor dem Frühstück denken.«

Sie öffnete eine Dose Hundefutter.

»Ich werde Frau von Morgenstern und dir die Geschichte von ›Alice im Wunderland‹ demnächst noch mal vorlesen.«

Das Geräusch des Dosenöffnens übte eine magische Anziehungskraft auf die schwarze Weißhalskatze aus. Sie erschien in der Küche.

»Frau von Morgenstern, wonach ist Ihnen heute? Mäuseschwänzchen in Aspik oder Vögelgulasch auf Kartoffelstampf?«, fragte die Alte.

Mit einem Satz sprang die Katze auf das mittlere

Regalbrett in der Vorratskammer und schubste mit ihrer Pfote eine Dose zu Boden. Die Frau hob sie auf und las, was auf dem Etikett stand.

»Aha. Räuberblutwurst. Soll mir recht sein.«

Nachdem sie Hund und Katze versorgt hatte, nahm sie das Buch »Die ganze Wahrheit über Dinosaurier« vom Tisch und ging zur Hintertür. Die führte vom Wohnzimmer aus direkt in den Garten.

»Ich bin dann mal bei den Hühnern«, rief sie ihren vierbeinigen Mitbewohnern zu und wedelte ein Tschüs mit ihrer freien Hand. »Die wollen unbedingt mehr über ihre Verwandten wissen. Kann sein, dass ich ihnen heute das restliche Buch vorlese. Sind noch fast hundert Seiten. Wartet also nicht auf mich. Ihr könnt euch ja derweil eine Schallplatte auflegen und ein bisschen tanzen, wenn euch danach ist.«

4. Kapitel

»Kuckt! So kuckt doch! Da ist sie! Die Hexe!«

Erwin klebte am Seitenfenster des Marienkäfers und deutete auf das Haus am Hang.

Die anderen vier Kinder reckten ihre Hälse und sahen die Alte auf der Wiese neben dem Haus. Sie saß mit einem Buch auf dem Schoß im Schneidersitz inmitten einer Schar Hühner, einem schlafenden Monsterhund, auf dessen Rücken sich eine Katze ausruhte.

»Ha, ha, ha! Ich werd nicht mehr!« Erwin schüttelte sich vor Lachen. »Die liest doch tatsächlich den Tieren was vor! Die Hexe ist plemplem!«

Aber da waren sie schon am Haus vorbei. Marie lenkte den Marienkäfer den Hang hinunter Richtung Dorf. Dabei sang sie aus voller Kehle »Baby you can drive my car. Yes I'm gonna be a star.«

Das Lied war natürlich von den Beatles. Von wem sonst!

»Willst du auch mal ein Star werden, Linus?«, fragte Tilda.

»Warum willst du das wissen?« Linus ahnte, worauf Tilda hinauswollte.

»Du könntest ein Star werden. Wenn du eine klitzekleine Aufgabe erfüllst.«

»Soll ich was kochen? Oder rechnen?«, fragte Linus mit einem Hauch von Hoffnung in der Stimme.

»Viel einfacher«, grinste Tilda.

Der Marienkäfer hielt am Dorfplatz vor der Goldenen Linde. Die Kinder stiegen aus. Und mit ihnen die unbeantwortete Frage. Was hatte Tilda vor?

Anstatt wie sonst nach der Schule gleich nach Hause zum Mittagessen zu gehen, blieben die Fünf stehen und warteten, bis der rote Käfer weggefahren war.

»Ich weiß jetzt, welche Mutprobe Linus bestehen muss«, verkündete Tilda.

»Zum Donnerwetter! Was steht ihr hier rum und vertreibt mir die Gäste?«, brüllte die Frau, die gerade aus dem Gasthof kam.

Die Tauben flogen erschrocken vom Dach. Die Frau in der weißen Schluppenbluse, dem schottenkarierten Faltenrock und der fleckigen weißen Schürze hieß Henny. Sie war die Köchin der Goldenen Linde und die Ehefrau von Friedrich Eierhals, genannt Fritz, dem Wirt und Bürgermeister von Oberunterlinksrechtshausen.

»Los! Geht nach Hause!« Sie wedelte mit einem nassen Lappen durch die Luft, als würde sie lästige Fliegen verscheuchen.

Linus wollte abhauen, doch Tilda hielt ihn am Ärmel fest.

»Ist das schon die Mutprobe?«, flüsterte er.

Tilda schüttelte den Kopf.

»Nein, aber Flüchten ist auch keine Lösung«, flüsterte sie zurück.

Ein guter Satz, fand Linus. Den wollte er sich merken.

»Wir halten hier eine Hausaufgabenbesprechung, Frau Eierhals«, rief Erwin der Köchin zu. »Das wird doch wohl noch erlaubt sein.«

Henny Eierhals grummelte irgendwas und wischte die schwarze Schiefertafel sauber. Mit Kreide schrieb sie dann:

Heute Schnitzel mit PommFritz. Nur 7,90 €

»Sie frittiert ihren Mann, den Fritz«, kicherte Fine, und Henny warf ihr einen bösen Blick zu.

»Sie ist doch eine von denen, die behauptet, die Alte oben am Hang würde kleine Kinder fressen«, sagte Erwin.

»Genau. Dabei ist sie selbst eine Menschenfresserin«, grinste Fine.

»Kommt, wir gehen.« Siri nahm Linus an der Hand. »Ihr wisst doch, dass Henny Kinder nicht leiden kann.«

Linus schüttelte die Hand seiner großen Schwester ab. »Ich kann alleine gehen.«

Auf dem Nachhauseweg verkündete Tilda, dass die Mutprobe heute stattfinden sollte. Um vier.

Treffpunkt Komposthaufen an der Friedhofsmauer.

Zuerst verabschiedeten sich Fine und Erwin, dann Siri und Linus.

Auf den restlichen dreihundertzwanzig Metern, die Tilda alleine zu gehen hatte, dachte sie über die bevorstehende Mutprobe nach.

Zu Hause traf sie in der Küche auf Mario. Er telefonierte.

»Ja, ja. So ist es!«, hörte sie ihn aufgeregt sagen. »Gut, mache ich. Sofort.«

Mario beendete das Gespräch.

»Tut mir leid. Ich muss wieder los. Der Schweinefall. Schon gehört?«

Tilda nickte. Ihre Lehrerin hatte heute Morgen in der Schule davon erzählt.

»Iss was«, rief Mario und war schon verschwunden.

Tilda seufzte, griff sich einen Apfel und ging in ihr Zimmer.

Das Telefon klingelte. Tildas Mama war dran. Sie wollte wissen, wie es ihr ging und ob alles in Ordnung wäre.

Ihr ginge es blendend, versicherte ihr Tilda. Und natürlich sei alles in Ordnung.

»Ich muss leider noch ein bisschen länger hierbleiben«, sagte Mama dann.

»Kein Problem«, beruhigte sie Tilda. »Wir kommen gut klar. Du musst dir keine Sorgen um uns machen.«

Das war nicht gelogen, dachte Tilda, nachdem sie aufgelegt hatte. Sie konnte Mama später immer noch erzählen, was in Oberunterlinksrechtshausen alles los gewesen war.

Fine und Erwin wärmten sich die Kartoffelsuppe auf, die von gestern Abend übriggeblieben war. Ihre Eltern kamen immer erst nach Hause, wenn sie ihre Bäckerei geschlossen, aufgeräumt und die Tageseinnahmen gezählt hatten.

»Wie findest du das mit der Mutprobe?«, fragte Erwin, während er die lauwarme Suppe aus seiner Müslischüssel schlürfte.

»Vielleicht ist er noch ein bisschen zu klein dafür«, antwortete Fine und tunkte einen Kanten Brot in ihren Teller.

Siri aß mit Mama. Linus hatte keinen Hunger, sein Magen war wie zugeschnürt. Er hockte auf der Terrasse und schaute in den Himmel, wo sich tintenschwarze Wolken zu einem gefährlich aussehenden Haufen zusammenrotteten. Ob es ein Gewitter geben würde? Würde dann die Mutprobe ausfallen?

Linus stand auf und ging in sein Zimmer, um sich auf das Ereignis vorzubereiten.

Feiner Nieselregen fiel vom Himmel.

Es war Viertel vor vier, als Siri an Linus' Zimmertür klopfte.

»Bin gleich fertig! Moment noch!«, rief er.

Siri zog sich schon mal Gummistiefel und Regenjacke an. Dann öffnete sich die Tür, und ein Monster stapfte aus Linus' Zimmer. Es trug einen viel zu großen weißen Malerschutzanzug und hatte einen schwarzen Fahrradhelm auf dem Kopf. Die Augen waren hinter einer riesigen Taucherbrille versteckt. Über Mund und Nase war ein Seidenschal geschlungen, den Siri bisher immer an Mamas Hals gesehen hatte.

»Bist du das, Linus?«, wollte Siri wissen.

»Ich bin bereit für die Mutprobe«, nuschelte er.

Nein, er wolle nicht zum Mond fliegen, klärte er seine Schwester auf. Und Imker wollte er auch nicht werden.

Mama, die plötzlich im Flur hinter ihnen stand, erzählten sie etwas von einer Kostümprobe für das nächste Faschingsfest und dass sie um sieben wieder zu Hause wären.

»Wenn ich dann noch lebe«, fügte Linus düster hinzu, als Mama außer Hörweite war.

Die beiden waren froh, dass ihnen auf dem Weg zum Friedhof niemand begegnete. So entgingen sie dummen Fragen. Die kriegte Linus erst zu hören, als sie ihr Ziel erreicht hatten.

»Bist du unter die Tatortreiniger gegangen?«, fragte Erwin.

»Hast du nicht deine Schwimmflossen vergessen?«, fragte Tilda.

Siri verteidigte ihren Bruder, der wegen des Schals vor seinem Mund selbst nicht so deutlich sprechen konnte. Sie erinnerte Erwin daran, dass er sich bei seiner eigenen Mutprobe fast in die Hose gemacht hätte. Und Tilda erinnerte sie daran, dass sie vor ihrem Aufstieg in die Baumkrone plötzlich behauptet hatte, keine Weihnachtslieder zu kennen. Dabei sang sie seit der ersten Klasse im Schulchor mit.

Erwin lenkte ein. Er hätte es doch nicht böse gemeint.

Tilda drängte zum Aufbruch.

»Was? Wir gehen woanders hin? Linus war erstaunt. Er hatte geglaubt, dass seine Mutprobe etwas mit dem Komposthaufen zu tun hätte. Dass er im Biomüll nach einem vergrabenen Schatz suchen oder fünfzig Regenwürmer finden musste. So was in der Art.

»Nein, nein. Es ist viel besser!«, lachte Tilda. »Es ist viel ...«, sie überlegte, »... viel märchenhafter!«

Alle machten neugierige Augen. Tilda hatte niemanden in ihren Plan eingeweiht.

Sie ging voran, die anderen vier folgten ihr schweigend. Als sie das Ortsschild hinter sich gelassen hatten, beschlich Linus eine böse Ahnung, wohin die Reise gehen sollte. Die Ahnung verstärkte sich, als Tilda die asphaltierte Straße verließ und den kleinen Feldweg einschlug, der den Hang hochführte.

Linus wurde langsamer. Er schnaufte schwer, ihm wurde heiß. Unter dem Malerschutzanzug trug er Pullover, Hose und die dicke Winterjacke. Die aufgekrempelten Ärmel und Hosenbeine seines Malerschutzanzugs rutschten ständig runter und machten ihm das Laufen schwer. Unter der warmen Wollmütze mit der Kapuze drüber war ihm heiß, und seine Kopfhaut juckte, als wäre sie von tausend Flöhen besiedelt. Er blieb stehen, setzte die Taucherbrille ab und wischte sich mit dem Handrücken über das Gesicht.

»Ich schwitze wie ein Schwein«, keuchte er.

»Schweine schwitzen nicht«, kommentierte Erwin ungerührt. »Sie haben kaum Schweißdrüsen. Nur an den Rüsselscheiben.«

Erwin war der Tierexperte. Er wusste so was.

»Pfffh«, machte Linus und ging den anderen hinterher.

Während der letzten zehn Minuten, die sie durch den Nadelwald führten, klagte Linus nicht mehr.

Seine Hirnzellen hatten genug damit zu tun, die schrecklichen Gedanken über das, was ihm bevorstand, aus seinem Kopf zu vertreiben.

Dort, wo der Wald zu Ende war und ein klappriger Jägerzaun ihnen den Weg versperrte, blieben sie stehen. Es hatte aufgehört zu regnen. Die dunklen Wolken hatten weißen Wölkchen Platz gemacht. Zaghaft brachen die ersten Sonnenstrahlen dahinter hervor und ließen das Grundstück hinter dem Zaun wie ein Urlaubspostkartenmotiv aussehen. So hatten sie das Haus noch nie gesehen. Sie kannten nur die Ansicht von der Straße. Von dort aus konnte man den Garten nicht sehen. Auf der linken Seite standen einige Obstbäume. Auf der anderen Seite wucherten Brombeerhecken. Ein alter apfelgrüner Bauwagen stand mitten auf der Wiese. Darin wohnten die Hühner, wenn sie nicht pickend und gackernd zwischen Blumen und Gemüsebeeten herumliefen. Überall verstreut standen Skulpturen aus rostigem Metall oder grob behauenem Stein. Eine kleine Treppe führte vom Garten ins Haus, die zweiflügelige Tür stand sperrangelweit offen.

»Sieht eigentlich ganz schön aus hier«, sagte Fine.

»Schön wäre es, wenn wir nicht wüssten, dass hier eine kinderfressende Hexe wohnt.« Linus' Gesicht glühte vor Aufregung.

Tilda kramte eine Flasche aus ihrem Rucksack und hielt sie Linus vor die Nase. »Willst du dir noch ein bisschen Mut antrinken?«

»Was ist da drin?«

»Granatapfelsaftschorle.«

»Hilft das?«, fragte Linus.

»Ja, wenn man dran glaubt, hilft es.«

Linus setzte die Flasche an und trank sie in einem aus. Darauf folgte ein langes »Aaaaaah« und ein noch längerer Rülpser.

»Und nun zu deiner Aufgabe«, sagte Tilda. »Du dringst in das Haus ein und entwendest einen ...«

»Was ist entwenden?«, unterbrach Linus.

»Stehlen«, erklärte Erwin. »Nur vornehmer ausgedrückt.«

Stehlen! Linus schluckte laut.

»Du schleichst dich in die Küche und entwendest einen Kochlöffel.«

Linus wich alle Farbe aus dem Gesicht.

Tilda überlegte. Das war noch zu einfach, dachte sie.

»Danach gehst du in diesen Bauwagen, also in den Hühnerstall, und … äh … stiehlst … ein rohes Ei. Beides musst du heil über die Grundstücksgrenze zu uns bringen. Das ist alles.«

»Das ist alles?!« Linus hatte nicht gewusst, dass er krächzen konnte wie eine halswehkranke Krähe. Jetzt wusste er es. Und die anderen konnten es bezeugen.

Um sicherzugehen, dass er sich nicht verhört hatte, und um Zeit zu gewinnen, ließ er sich alles noch einmal erklären.

»Du schaffst das.« Erwin klopfte Linus auf die Schulter. Er wusste, genau wie Siri und Fine, dass dies die schwierigste Mutprobe von allen war. Dagegen war seine Nacktschneckenmutprobe ein Klacks gewesen. Aber laut sagte er das nicht.

»Bist du bereit?«, fragte Tilda.

»Schon seit meiner Geburt«, antwortete Linus tapfer und fragte sich insgeheim, wo er diesen Spruch aufgeschnappt hatte.

Ein bisschen schön war es schon, so im Mittelpunkt zu stehen. Das musste er zugeben.

Siri umarmte ihren Bruder. »Viel Glück.«

Linus holte tief Luft und setzte einen Fuß in den Zaun, um drüberzuklettern. Doch dann zögerte er.

»Äh ... kann ich vorher noch mal aufs Klo?«, fragte er.

Tilda verdrehte die Augen.

»Ist nur Pipi«, entschuldigte er sich.

»Von mir aus«, stöhnte Tilda, und Erwin lachte. »Aber beeil dich.«

5. Kapitel

Mario stieg aus seinem Wagen und schlug krachend die Tür zu. Es roch nach Misthaufen. Er hielt sich die Hand vor die Nase und überquerte mit schnellen Schritten den Hof.

An der Tür des Bauernhauses hing ein schwerer Eisenring, der vom Maul eines Löwen festgehalten wurde. Eine Klingel gab es nicht. Er schlug den Ring dreimal gegen die Metallplatte.

»Es ist keiner zu Hause! Und ich schlafe!«, hörte er eine dünne, brüchig klingende Stimme. Gleich darauf bewegte sich die Gardine des Fensters neben der Tür.

»Kann ich reinkommen?«, rief er, als er das Gesicht einer alten Frau hinter der Gardine entdeckte. »Ich komme vom Lokalanzeiger. Ich habe noch ein paar Fragen wegen der Schweine und Ferkel, die verschwunden sind.«

Keine Reaktion.

Mario ließ den Blick über den Hof schweifen.

Ein Traktor stand verlassen vor der Scheune. Der Misthaufen dampfte. Kein Mensch, kein Tier weit und breit. Er wollte noch einmal klopfen, als sich die Gardine erneut bewegte.

»Verschwinden Sie, Sie Pappnase! Sonst hetze ich meinen Hund auf Sie!« Die alte Frau knallte ein vergilbtes Foto eines Schäferhundes von innen gegen die Scheibe.

»Sehen Sie! Das ist Axel! Ich muss nur ›Fass!‹ sagen, dann beißt er Sie in den Hintern!«

Mario schmunzelte. Die Dame war wohl etwas durcheinander.

»Schon gut! Rufen Sie Ihren Hund zurück. Ich will nichts Böses!«, rief er und hob beide Hände zum Zeichen, dass er in friedlicher Absicht kam und keine Waffe trug.

Das Foto verschwand, und der Vorhang wurde zur Seite geschoben. Die alte Frau sah auf den Fotoapparat, den sich Mario um den Hals gehängt hatte.

»Sie können mich leider heute nicht fotografieren.« Sie zuckte bedauernd mit den Schultern. »Ich bin nicht frisiert.«

Das stimmte. Die kurzen grauen Haare standen in alle Himmelsrichtungen von ihrem Kopf ab.

»Das ist ja schade«, sagte Mario. Er hatte zwar nie vorgehabt, ein Foto der alten Dame zu schießen, verriet es ihr aber nicht.

Stattdessen fragte er, ob er vielleicht mit Bauer Krummbier sprechen könnte. Sie antwortete, sie würde nichts kaufen. Sie hätte alles, was sie braucht. Mario seufzte, bedankte sich höflich und ging zurück zu seinem Wagen.

»Ich muss nur ›Fass!‹ sagen, dann beißt er Sie in den Hintern!«, wiederholte er kopfschüttelnd, was die alte Frau gesagt hatte.

Er startete seinen Wagen und fuhr los. Irgendwo würde der Bauer Krummbier schon sein.

Im Dorf fand er ihn nicht. Vielleicht war er außerhalb, irgendwo auf den Feldern. Auf der Straße, die den Hang hoch führte, dachte er an die Tochter seiner Freundin Meret. Damals, als er Tilda kennenlernte, hatte er befürchtet, Tilda würde ihn vielleicht nicht mögen. Grundlos. Sie hatten sich auf Anhieb gut verstanden. »Du bist okay, du kannst bleiben«, hatte sie nach dem ersten gemeinsam verbrachten Tag im Zoo gesagt. Kurz danach war er bei Meret und Tilda eingezogen und hatte es bis heute nicht bereut. Obwohl er dafür seine besser bezahlte Stelle in der Stadt aufgegeben hatte. Er war glücklich mit Meret. Und er war glücklich, dass Tilda ihre Tochter war. Ein mutiges Mädchen mit vielen verrückten Ideen im Kopf.

Mario hatte keine Ahnung, dass er gerade an dem Haus vorbeifuhr, hinter dem Tilda und ihre Freunde eine dieser verrückten Ideen in die Tat umsetzten.

»Bist du endlich fertig?«, rief Tilda in den Wald.

»Komme!«, schallte es zurück, und Linus trat hinter einem Baum hervor. Wegen seiner Schutzkleidung hatte er eine halbe Ewigkeit zum Pinkeln gebraucht.

»Bist du so weit?«, fragte Tilda mit feierlicher Mutprobenstimme.

Linus nickte.

Auf dem Grundstück war noch immer niemand zu sehen.

Tilda klopfte Linus aufmunternd auf die Schulter. »Die Luft ist rein. Du kannst gehen.«

Linus stieg über den Zaun und ging in Zeitlupenschritten auf das Haus der Hexe zu. Die Hühner sahen kurz hoch, hatten aber schnell das Interesse an dem merkwürdig aussehenden Besucher verloren.

Endlich erreichte Linus die offen stehende Hintertür. Bevor er sich ins Haus traute, drehte er sich noch einmal um. Wie auf Kommando streckten Tilda, Siri, Erwin und Fine zuerst ihre Daumen in die Luft und zeigten dann ihre fünf ausgestreckten Finger. Das war das Zeichen ihrer Bande.

Erst als Linus im Haus verschwunden war, nahmen sie die Hände runter.

Siri wagte kaum zu atmen. »Ob er es schafft?« Ihre Augenbrauen schoben sich zweifelnd zusammen.

»Mach dir mal nicht ins Hemd«, gab Erwin zurück. »Du kannst ihn nicht immer beschützen. Sonst wird er nie groß.«

»Ja, ja. Du hast ja recht«, entgegnete Siri. Aber entspannen konnte sie sich trotzdem nicht. Wie hypnotisiert starrte sie auf das Haus. Genau wie ihre Freunde.

Nichts tat sich. Sie warteten. Und warteten. Das Einzige, was sich bewegte, waren die Hühner im Gras und die Blätter in den Obstbäumen.

Die Zeit verging.

Fine schaute auf ihre Armbanduhr. »Er ist schon fast eine halbe Stunde drin.«

Siri spürte den Angstschweiß auf ihrer Stirn.

»Die Frau hat doch einen Hund, oder?«, murmelte Erwin.

»Was?!« Siri erschrak. »Du meinst, der Hund hat Linus ...?«

Weiter kam sie nicht. Ihre Stimme versagte.

»Ach was.« Tilda winkte ab. »Wenn der Hund Linus zerfleischt hätte, hätten wir das bestimmt gehört.«

Ein schwacher Trost für Siri. Ein ganz schwacher.

Doch nun tat sich etwas. Langsam und kaum sichtbar bewegte sich der linke Flügel der Tür. Sie hielten die Luft an. War das Linus? Oder war es die Hexe?

Doch es war nur eine schwarze Katze mit weißem Kragen, die ins Freie trat. Nach einigen Schritten hielt sie inne und machte einen langen Hals. Ihre Augen suchten die Umgebung ab.

»Sie hat uns gesehen«, flüsterte Siri.

»Tja«, machte Erwin. »Und nun? Denkst du, sie hat eine Pistole oder was?«

Siri lachte verhalten, wurde aber gleich wieder ernst. »Echt jetzt. Ich finde, Linus ist schon zu lang da drin.«

Das fanden die anderen auch.

Wenn sie aber nun reingingen und Linus halfen, dann hätte er seine Mutprobe nicht bestanden. Was also sollten sie tun?

Sie beschlossen, zusammen bis sechzig zu zählen. Sechzig Sekunden. Eine Minute. So viel Zeit wollten sie Linus noch geben.

»... achtundfünfzig, neunundfünfzig, sechzig!«

»Zugriff!«, raunte Tilda und fühlte sich fast wie

die Chefin eines Polizeisondereinsatzkommandos. Entschlossen kletterte sie über den Zaun, die anderen folgten ihr. Im Schutz der Obstbäume pirschten sie sich ans Haus.

Beim vorletzten Birnbaum hielt Erwin seine Nase in den Wind und schnupperte. »Was riecht denn hier so?«

Zack! Jetzt hatten alle nur einen Satz im Kopf: Wanda frisst kleine Kinder!

Gleichzeitig stürmten sie los. Die Katze floh ins Gebüsch, die Hühner rannten aufgeschreckt in alle Richtungen davon.

Erwin war als Erster an der Tür. Er blieb stehen, schnupperte erneut. »Komisch.« Er schüttelte den Kopf. »Das riecht ja gar nicht gruselig.«

»Nee, riecht lecker«, meinte Fine.

»Nee, riecht sogar saulecker«, meinte Tilda.

»Irgendwie nach Pfannkuchen oder so«, meinte Siri.

»Auf jeden Fall nicht nach Menschenfleisch«, kommentierte Tilda, der es egal war, dass Siri der Angstschweiß ausbrach.

Genau wie Linus vor ihnen, schlichen sie langsam und geräuschlos ins Innere des Hauses. Sie sahen sich um. Das musste das Wohn- und Esszimmer sein. Ein dunkelrotes Sofa, ein durchgesessener brauner Ledersessel, eine leere Teetasse, ein aufgeschlagenes Buch auf einem kleinen Tisch, Kerzenstummel in einem dreiarmigen Silberleuchter. Ein schwerer Holztisch mit sechs verschieden farbigen Stühlen. Rechts neben ihnen erstreckte sich ein deckenhohes vollgestopftes Bücherregal über die gesamte Wand. Links eine offen stehende Tür, die in einen dunklen Flur führte.

»Da lang«, flüsterte Tilda mit Kopfnicken Richtung Flur. »Aber leise.« Wortlos ergriff sie die Hand der vor Angst schlotternden Siri.

Sie wollten gerade losgehen, als ein merkwürdiges Geräusch ihre Bewegungen schockgefrieren ließ.

Sie lauschten. Was war das? War es ein Schaben? Nein. Eher ein Klacken. Bevor sie erraten konnten, wer für die Geräusche verantwortlich war, sahen sie ihn: Ein riesiger, ein wirklich riesig-riesiger weißer Hund bog um die Ecke und lief auf sie zu.

Die Krallen seiner Zehen klackten auf dem harten Steinboden. Gleich würde der Hund sie anfallen, beißen oder noch Schlimmeres. Bestimmt würde er das tun.

Doch unerwartet blieb der Hund stehen. Er schaute von einem zum anderen und leckte sich dann genüsslich über die Schnauze. Hatte er Hunger? Hunger auf vier Kinder?

»Was bist du denn für ein Hübscher?!«, unterbrach Erwin die Spannung und hielt dem Hund seine Hand zum Schnuppern hin. Der Hund trottete zu ihm, roch an der Hand und ließ sich dann bereitwillig den Kopf kraulen. Erleichtertes Aufatmen. Er war kein böser Hund, nur ein sehr großer.

»O nein! Hilfe!«

Die Stimme kannten sie. Linus! Er brauchte Hilfe! Sie vergaßen den Hund und rasten dorthin, wo die Stimme herkam. Sie landeten in der Küche. Vor dem Herd standen Wanda und Linus. Und weil die beiden dastanden wie angewurzelt und an die Decke starrten, starrten die vier auch an die Decke. Dort oben klebte ein dicker, fetter Pfannkuchen.

Jetzt löste sich eine Seite und nur eine Sekunde

später fiel der ganze Pfannkuchen runter. Direkt auf Linus' Kopf. Der Hund, der den Kindern in die Küche gefolgt war, sprang mit einem großen Satz auf Linus zu und schnappte sich den Pfannkuchen. Und ehe jemand eingreifen konnte, hatte er ihn schon verschlungen. Den Pfannkuchen. Nicht Linus.

»Haben wir noch Teig, Wanda?«, fragte Linus.

»Na klar, jede Menge«, antwortete sie. »Reicht auch noch für unsere Gäste.«

»Hä?« Linus, der noch immer mit dem Rücken zu seinen Freunden stand, drehte sich um.

»Ach, ihr seid's«, sagte er verlegen. »Ich hab die Mutprobe nicht vergessen. Nur ein bisschen verschoben.« Er sah zu Wanda.

»Genau«, gab die ihm recht. »Es empfiehlt sich nicht, eine Mutprobe mit leerem Magen zu machen. Linus soll erst mal was essen. Habt ihr auch Hunger?«

Ohne eine Antwort abzuwarten, holte sie sechs Teller aus dem Schrank und drückte sie Siri in die Hand. Das Besteck kriegte Erwin und Siri sechs Wassergläser.

»Servietten sind in der kleinen Kommode neben dem Esstisch«, sagte sie und wedelte die Kinder aus der Küche.

Völlig verdattert und unfähig, einen Pieps zu sagen, taperten die vier zurück in das Zimmer, aus dem sie gekommen waren.

»Was war das denn jetzt?«, fragte Tilda kopfschüttelnd, nachdem der Tisch gedeckt war.

»Eine Einladung zum Essen«, antwortete Erwin grinsend und streichelte den Hund, der die ganze Zeit nicht von seiner Seite gewichen war.

»Mögt ihr Himbeersirup? Ist selbstgemacht!«, schallte es aus der Küche.

»Ja!«, riefen die vier im Chor.

Linus kam mit einer großen Platte herein, auf der sich Pfannkuchen türmten.

»Das Hochwerfen und Wenden lerne ich noch«, sagte er und schob die Platte auf den Tisch.

Wanda trug ein Tablett mit einer Wasserkaraffe, einer Flasche Himbeersirup und einem Glas Erdbeermarmelade herein und stellte es neben den Pfannkuchenturm. Dann setzte sie sich und rückte das Haarknäuel zurecht, das aussah wie ein Vogelnest. Irgendwas piepte, aber keiner traute sich zu fragen, was da piepte.

»Greift zu!«, sagte Wanda. »Und lasst es euch schmecken.«

6. Kapitel

»Ihr seid zu spät!«, rief Mama aus der Küche, nachdem die Tür ins Schloss gefallen war. »Wolltet ihr nicht um sieben zu Hause sein?«

»Entschuldigung«, brummte Siri.

»Von mir auch Entschuldigung, bitte«, brummte Linus und ging in sein Zimmer, um sich aus seiner Mutprobenkluft zu befreien und wieder normale Klamotten anzuziehen.

Siri sagte gleich noch mal Entschuldigung, als Mama verkündete, es gäbe zum Abendessen Pfannkuchen.

O nein! Ausgerechnet Pfannkuchen!

Sie konnte ihr doch unmöglich erzählen, dass ... Nein, auf keinen Fall! Deshalb sagte sie: »Vielen Dank. Keinen Hunger heute. Wir haben schon was mit Fine, Erwin und Tilda gegessen.«

Mama stutzte. »Ich dachte, ihr wärt bei einer Kostümprobe gewesen.«

»Ja, ja, das stimmt. Linus hatte Kostümprobe. Ich hab mich ja noch nicht für ein Faschingskostüm entschieden. Jemand hatte ein paar Snacks dabei.« Siri versuchte, ihre Mutter mit einem überaus freundlichen Gesicht zu überzeugen.

Mama grummelte, gab sich aber schließlich mit Siris Erklärung zufrieden.

Fine und Erwin kamen gar nicht erst in die Verlegenheit, irgendetwas erklären zu müssen.

Als sie nach Hause kamen, saßen ihre Eltern im Wohnzimmer und brüteten über Listen, auf die endlose Zahlenkolonnen gekritzelt waren.

»Wenn wir nicht bald mehr Brot und Brötchen verkaufen, müssen wir den Laden dichtmachen«, sagte ihr Vater, während ihre Mutter wie wild auf dem Taschenrechner rumhackte.

Fine und Erwin kannten die Sorgen ihrer Eltern. Immer weniger Leute kauften Backwaren in ihrem Laden, sondern lieber im Supermarkt in der Kreisstadt. Das machte sie genauso traurig wie ihre Eltern.

Sie sagten nur kurz Hallo und gingen in ihre Zimmer.

Tilda und Mario kamen zur selben Zeit zu Hause an. Mario wollte gar nicht wissen, warum Tilda so spät dran war. Er hatte den Kopf voller Fragen wegen seines Berichts über die verschwundenen Schweine und Ferkel. Er hatte Bauer Krummbier bei der Arbeit auf dem Acker getroffen und versucht, ihn auszufragen. Zufriedenstellende Antworten hatte er aber nicht bekommen.

»Irgendwas stimmt da nicht«, sagte Mario und setzte die Mineralwasserflasche an die Lippen.

Auch in Tildas Kopf schwirrten die Fragen wie Nachtfalter um eine brennende Glühbirne. Tausend Fragen alle zu ein und demselben Thema.

»Kennst du eigentlich die Frau, die Wanda heißt und oben auf dem Hang wohnt?«

Mario nickte und rülpste verstohlen leise in seine Hand. »Warum willst du das wissen?«

»Ach, nur so. Interessiert mich halt.«

»Meinst du, sie hat etwas mit dem Fall zu tun?«

»Nee, glaube ich nicht. Ich frag mich nur, warum alle so schlecht über sie reden. Vielleicht ist sie ja eigentlich ganz nett. Wer weiß.«

Doch bevor Mario etwas erwidern konnte, klingelte das Telefon.

»Ja, hier ist Tilda.«

»Und hier ist Linus. Ich wollte wissen, ob ich die Mutprobe bestanden habe oder nicht.«

Noch so eine Nachtfalter-um-die-Glühbirne-Frage. Tilda ging aus dem Zimmer, damit Mario nicht mithören konnte. Auch nette Erwachsene müssen nicht alles wissen, was Kinder so machen, dachte Tilda.

»Können wir das nicht morgen besprechen?«, fragte sie, um Zeit zu gewinnen.

»Wenn du willst, dass ich heute Nacht nicht schlafen kann.«

Tilda stöhnte. Das war Erpressung.

»Ich fand mich eigentlich ziemlich mutig«, setzte Linus nach. »Ich habe mit einem Monsterhund gekämpft, der fast so groß ist wie ich. Ich habe eine Hexe beschworen und sie dazu gebracht, mit mir zu kochen. Und zwar ohne Gift. Ich habe ...«

»Es reicht!«, rief Tilda. »Du hast einen Hund hinter den Ohren gekrault und mit einer netten alten Dame Pfannkuchen an die Decke geworfen.«

Schweigen am anderen Ende der Leitung.

»Wir werden das später gemeinsam entscheiden«, entschied Tilda.

Sie konnte nicht ahnen, dass sie alle bald viel mehr Mut beweisen mussten als Linus am heutigen Tag.

7. Kapitel

Der Marienkäferbus hielt am Dorfplatz und spuckte die fünf Kinder aus.

»Schönes Wochenende!«, rief Marie ihnen hinterher.

Alle hatten Hausaufgaben zu machen, aber keiner hatte Lust dazu. Jetzt noch nicht. Dazu hatten sie noch das ganze Wochenende Zeit.

Freitag war Freiheitstag, hatten sie beschlossen. Zumindest ab Schulschluss.

»Und was machen wir denn heute?« Erwin setzte sich neben seine Schwester. »Hat irgendeiner eine geniale Idee?«

Weil keiner etwas sagte, machte er Vorschläge. Sie könnten doch vielleicht Äpfel klauen oder einen Film anschauen oder den Bach stauen oder ein Lagerfeuer anzünden oder ein Fahrradrennen veranstalten.

»Ich wüsste was Besseres.« Linus machte ein geheimnisvolles Gesicht und genoss die fragenden Blicke seiner Freunde. Dann zog er einen kleingefalteten Zettel aus der Hosentasche. »Wir könnten Wanda anrufen und fragen, ob wir kommen dürfen.« Er fummelte den Zettel umständlich auf und wedelte damit in der Luft herum. »Hier! Ich hab ihre Telefonnummer. Es ist eine sehr geheime Geheimnummer. Steht nicht im Telefonbuch und auch nicht im Internet.«

»Du bist ja eine richtig coole Socke«, sagte Erwin anerkennend, und Linus wurde ein bisschen rot vor Stolz.

Wenig später wussten sie, dass Wanda nicht nur Zeit hatte, sondern sich sogar auf ihren Besuch freute.

Heute ging Linus nicht als Schlusslicht, sondern führte die Truppe an. Das Gehen fiel ihm ohne den blöden Schutzanzug sowieso viel leichter als gestern. Es war fast, als würde er fliegen und nicht einen Fuß vor den anderen setzen. Oben am Hang angekommen, musste er warten, bis alle eingetrudelt waren.

Herr Abendroth begrüßte sie sofort freudig mit Schwanzwedeln und begleitete sie ins Haus.

Wanda war nicht zu sehen, aber die Tür, die vom Flur aus hinunter in den Keller führte, stand offen. Nur schwaches Licht fiel auf die alten ausgetretenen Holzstufen. Spinnweben hingen in allen Ecken und Winkeln.

»Wie in einem Gruselfilm«, raunte Erwin.

»Hallo? Ist da jemand?«, rief Fine nach unten.

»Komme gleich!«, flötete Wanda.

Glas klirrte.

»Sollen wir irgendwas helfen?«, rief Siri in Richtung Keller und wirkte zum Erstaunen ihrer Freunde überhaupt nicht mehr so ängstlich wie gestern.

»Ach ja, wenn ihr schon da seid. Das wäre nett«, rief Wanda.

Die Treppe sah echt gefährlich aus. Anstatt

eines Geländers gab es nur ein lose gespanntes Seemannstau. Die Stufen waren schmal und wendelten sich spiralförmig in die Tiefe, ohne dass man von oben sehen konnte, wo die Treppe aufhörte. Linus wagte als Erster den Abstieg.

Wanda stand vor einem klapprigen Regal und räumte leere Marmeladegläser in einen Korb.

»Ich dachte, wir könnten zusammen Brombeermarmelade kochen«, sagte sie und wischte sich eine verirrte Haarsträhne aus der Stirn.

Linus strahlte. Ja, Brombeermarmelade! Das war ganz nach seinem Geschmack. Wenn die nur halb so gut schmecken würde, wie der Sirup gestern, wäre er glücklich.

Nahe am Grundstück standen wildwuchernde, übervoll behangene Sträucher. Ausgerüstet mit Eimern und Schüsseln, machten sie sich an die Arbeit. Sie pflückten und aßen abwechselnd. Eine Beere wanderte in den Topf, eine Beere wanderte in den Mund. Eine Beere in den Topf, eine in den Mund. Eine in den Topf, eine in den Mund ...

»Hilfe! Ich blute!«, rief Linus plötzlich »Da hat mich etwas gebissen!« Weil seine Verletzung kleiner war als sein Schrecken, genau genommen war sie kaum sichtbar, quetschte er mit Mühe einen kleinen Blutstropfen aus seinem Unterarm, damit man ihn besser bedauern konnte. Aber er vergoss keine Träne. Schließlich war er seit gestern ein Held, meinte er.

»Höchstens ein halber Held«, korrigierte ihn Tilda und machte Linus' Schmerz damit wieder ein bisschen schlimmer.

»Du hättest deinen Schutzanzug heute anziehen sollen und nicht gestern«, lachte Wanda und pustete auf die Wunde, die in Wirklichkeit ein Kratzer war. Ein sehr kleiner Kratzer.

»Ich wusste ja nicht, dass du keine Stacheln hast«, gab Linus zurück.

Als die Eimer und Schüsseln so voller Brombeeren waren wie ihre Bäuche, schleppten sie alles in die Küche.

Linus durfte Wandas Marmeladenrezept, das für ein Kilogramm Früchte gedacht war, auf drei Kilo umrechnen. Das machte der halbe Held mir nix dir nix aus dem Kopf.

»Stimmt es denn, dass deine Telefonnummer

geheim ist?«, fragte Fine, während sie die Masse aus Früchten, Zucker und Vanille rührte.

Wanda winkte ab. »Ach, nicht so schlimm. Ich habe mir eine neue besorgt, mit der alten Telefonnummer hatte ich nur Ärger.«

Was? Wie konnte man denn Ärger mit einer Telefonnummer haben?

Wanda wollte eigentlich nicht darüber reden. Aber als sie die Fragezeichengesichter der fünf Kinder sah, erklärte sie, dass Leute mit verstellter Stimme angerufen und sie beschimpft hätten.

»So, jetzt holt die Vanilleschoten aus dem Topf«, sagte sie mit einer Stimme, die fröhlich klingen sollte. Dass Wanda nur vom Thema ablenken wollte, kümmerte Linus kein bisschen. Dafür war er viel zu neugierig. »Mit welchen Wörtern haben dich denn die Leute beschimpft? Schlimme Wörter? Solche, die wir Kinder nicht sagen dürfen?«

Wanda tat, als hätte sie nichts gehört. Sie begann, ein Lied zu summen und die Gläser mit heißem Wasser auszuspülen.

Linus ließ nicht locker. »Und warum haben sie dich beschimpft?«

Sie verstummte. Linus wusste nicht, wie er Wandas Gesichtsausdruck deuten sollte. War sie traurig? Oder war sie wütend? Oder beides gleichzeitig? Das würde dann, überlegte er, trütend heißen. Gab es das Wort überhaupt? Trütend? Egal. Jetzt gab es das Wort. Und er hatte es erfunden.

Wanda holte einen weiteren Kochlöffel aus der Schublade und fuhr sich unwirsch mit dem Ende des Stiels durch die Haare. Aber es waren nicht etwa Kopfläuse, die sie damit aufschreckte, sondern ein anderes Tier. Ein größeres.

Sie hörten empörtes Zwitschern. Ja, das kam von Wandas Kopf. Mit offenem Mund sahen die Kinder, wie ein Vogel aus Wandas Haarknäuel flog. Er drehte ein paar Runden über ihren Köpfen und landete schließlich auf der Kaffeedose, die neben chinesischen Teebüchsen auf dem oberen Regalbrett stand.

Der Vogel schimpfte und schimpfte. Wie ein Rohrspatz schimpfte er. Allerdings war der Vogel kein Spatz. Das fiel Erwin sofort auf.

»Du ... du ... du hast ja eine Meise!«, platzte es aus ihm heraus.

»Ja, der Meinung sind viele Leute«, grinste Wanda und streute gehackte Erdnüsse in ihre hohle Hand. Kaum hatte sie der Meise ihre Hand entgegengestreckt, flog sie herbei und pickte die Nussstückchen auf.

Wanda strich mit einem Finger zart über das Meisenköpfchen. »Tut mir leid, kleine Aprikose. Ich wusste nicht, dass du zu Hause bist.«

»Sie heißt Aprikose?«, fragte Siri verwundert.

»Ja, genau«, sagte Wanda. »Ich habe sie letztes Jahr neben einem Aprikosenbaum gefunden. Sie war aus ihrer Bruthöhle gefallen. Ich konnte sie unmöglich ihrem Schicksal überlassen. Also habe ich sie mitgenommen und mit der Hand aufgezogen.«

Als wollte Aprikose zeigen, dass alles bestens funktioniert hatte, flog sie zurück in ihr Haarnest auf Wandas Kopf und machte es sich bequem.

»Wie ... wie verrückt ist das denn?«, stammelte Erwin, und die anderen klappten ihren Mund wieder zu.

8. Kapitel

Sie würden gern wiederkommen, sagten die Kinder beim Abschied und versprachen, die geheime Geheimnummer niemandem zu verraten. Herr Abendrot begleitete sie bis zum Gartenzaun und bellte ihnen ein »Bis bald!« hinterher. So lautete zumindest Erwins Übersetzung.

Mit gefüllten Marmeladegläsern traten sie den Heimweg an. Tilda, Fine, Siri und Linus quasselten pausenlos. Vor allem über Wanda und ihre Haustiere. Erwin dagegen blieb stumm und suchte konzentriert den Waldboden ab. Irgendwo, so hoffte er, würde er vielleicht auch ein Vögelchen finden, das aus dem Nest gefallen war. Das würde er dann mit der Hand aufziehen, genau wie Wanda. Und weil er selbst kein Haarnest hatte und auch keins wollte, würde es in der Kapuze seines Anoraks wohnen.

Aber daraus wurde nichts. Nirgendwo auch nur die kleinste Spur eines verwaisten Jungvogels.

Als sie schließlich am Dorfplatz ankamen, standen ein paar Leute vor der Goldenen Linde und diskutierten wild um sich fuchtelnd miteinander. Henny Eierhals schrieb mit weißer Kreide: »Heute Abend 20 Uhr Bürgerversammlung« auf die Tafel, auf der sonst immer die Tagesgerichte standen.

»Worum geht es denn in der Versammlung?«, fragte Fine Hennys Mann, Fritz Eierhals.

»Das geht euch Gören überhaupt nichts an!«, blökte Fritz so laut, dass Fine zusammenzuckte. Ihr Bruder legte ihr beschützend seinen Arm um die Schultern.

»Wir ziehen ab«, sagte Tilda trocken und drehte sich zum Gehen. Wortlos folgten die anderen. Erst als sie außer Sichtweite waren, blieben sie wieder stehen.

»Wenn Fritz Eierhals sagt, das geht uns nichts an, dann geht uns das sehr wohl was an. Ich glaube nämlich, da stimmt was nicht.«

Und dieser Meinung waren die anderen auch.

Zehn Minuten bevor die Versammlung beginnen sollte, trafen sie sich vor dem Hintereingang der Goldenen Linde. Unbemerkt stahlen sie sich in den u-förmigen Hof und versteckten sich zwischen zwei Müllcontainern. Hier wollten sie warten, bis die Luft rein war. Na gut. Von reiner Luft zu sprechen, wäre maßlos übertrieben. Um ehrlich zu sein: Der Inhalt der Container stank bestialisch. Aber wenigstens konnten sie hier nicht gesehen werden. Mit den Händen vor Nase und Mund warteten sie, bis die Turmuhr achtmal schlug.

»Es geht los!«, zischte Erwin und schob Linus nach vorne.

Das hatten sie zuvor so besprochen. Der Kleinste sollte vorangehen. Wenn er sich trauen würde, wäre das eine halbe Mutprobe. Zusammen mit seinem ersten Versuch, dem Einbruch bei Wanda, wäre das zusammengerechnet eine ganze Mutprobe.

Linus war begeistert von dieser Rechenaufgabe. Ein Halb plus ein Halb ist ein Ganzes. Damit wäre er endlich ein ganzer Held.

Sie verließen ihr Versteck und schlichen sich, eng an die Wand des Nebengebäudes gedrückt, zur hinteren Eingangstür.

Linus öffnete sie einen Spaltbreit und lugte in den Flur des Gasthauses. Jemand zog gerade die Tür zum großen Festsaal hinter sich zu. Sonst war niemand zu sehen. Der Saal war durch den Flur von der Gaststube getrennt. Hier wurden sonst nur Hochzeiten gefeiert oder Leichenschmaus gehalten.

Die Tür zur Küche lag auf der linken Seite. Sie war ebenfalls geschlossen. Nur schwach drang das Klappern von Geschirr und die Stimmen der Küchenhilfen Sharif und Edeltraud nach draußen.

»Niemand da. Wir können rein«, flüsterte Linus und schob sich als Erster durch die Tür. Anstatt in den Saal zu gehen, öffnete er die Tür neben der großen Flügeltür. Dort war, das hatte Siri zuvor erzählt, ein Abstellraum, in dem Stühle, Klapptische und Bierbänke aufbewahrt wurden. Und dort war auch ein Lüftungsgitter, durch das man in den Saal schauen konnte.

Geräuschlos huschten sie in den staubigen Raum voller Möbel und Dekorationsartikel. Erwin und Tilda stellten einen der Biertische vor die Wand, die den Abstellraum vom Saal trennte. Alle fünf stiegen sie hoch und spähten in den Saal. Die Veranstaltung hatte eben begonnen. Fritz Eierhals stand auf dem Podium hinter einem Rednerpult und eingerahmt von einem forstgrünen Samtvorhang und begrüßte die Gäste. »Liebe Mitbürgerinnen und Mitbürger. Danke, dass ihr so zahlreich gekommen seid. Danke, dass ihr euren wohlverdienten Feierabend opfert für unser ...«

»So ein Schleimer!«, zischte Fine. »Bäbäbä ... dass ihr euren Feierabend opfert ... bäbäbä ...«, äffte sie den Bürgermeister nach.

»Sei doch mal still!« Erwin stieß seiner Schwester mit dem Ellbogen in die Seite.

»O Mann! Jetzt haben wir nicht gehört, wofür die Leute ihren Feierabend opfern«, brummte Siri.

Linus zog eine Holzkiste aus dem Regal und

stellte sich darauf. Jetzt konnte auch er in den Saal schauen.

»Zunächst, und als kleines Dankeschön für euer Kommen«, fuhr Fritz Eierhals fort, »möchte ich euch zu einem Glas Sommerfrüchtepunsch einladen, den meine Frau extra für euch zubereitet hat.«

Die Flügeltür öffnete sich und Henny Eierhals schob einen Servierwagen mit gefüllten Gläsern herein. Die Leute applaudierten.

Als alle mit Getränken versorgt waren, erhob der Bürgermeister sein Glas: »Ich trinke auf die glorreiche Zukunft unseres schönen Dorfs. Auf Oberunterlinksrechtshausen!«

Die Anwesenden erhoben nun ebenfalls ihre Gläser und riefen im Chor: »Auf Oberunterlinksrechtshausen!« Dann nahm jeder einen Schluck, und alle applaudierten wieder.

»Was denn für eine glorreiche Zukunft?«, murmelte Erwin. Jetzt stieß ihm seine Schwester ihren Ellbogen in die Seite. »Pssst, leise. Das wird er uns schon noch erzählen.«

Fritz Eierhals stellte sein Glas mit ausladender

Geste auf das Rednerpult und bedankte sich überschwänglich bei seiner »geliebten Gemahlin« für das leckere Getränk. Ja, genau. Er sagte wirklich »geliebte Gemahlin«.

Tilda schüttelte den Kopf. »Der ist doch sonst nicht so höflich.« Sie erinnerte sich daran, dass ihre Mutter mal gesagt hatte, Fritz Eierhals hätte den Charme eines Trampeltiers.

»Aber ich warne euch!« Fritz Eierhals versuchte, schelmisch zu grinsen. »Im Früchtepunsch ist ordentlich viel Sprit.«

Die im Saal Anwesenden lachten, doch Linus erschrak fürchterlich.

»Sprit?«, rief er so laut, dass Tilda ihm auf der Stelle den Mund zuhielt. »Die trinken Sprit? Das ist Benzin! Das darf man nicht! Das ist gefährlich! Lebensgefährlich!« Er presste die Sätze zwischen Tildas Zeige- und Mittelfinger heraus.

Die musste ein Kichern unterdrücken. »Mit ›Sprit‹ meint er Alkohol, Linus. Verstehst du? Al-ko-hol!« Sie hielt plötzlich inne und überlegte. »Genau! Das ist ein Trick!«, sagte sie schließlich. »Der verschenkt doch sonst nie etwas. Er will die

Leute besoffen machen, damit sie zu allem, was er will, Ja sagen!«

Die Sache wurde immer interessanter.

Hinter dem Rednerpult machte Fritz Eierhals wichtige Armbewegungen. »Ich bin stolz, euch heute verkünden zu können, dass ich – stellvertretend für alle Bürgerinnen und Bürger unserer idyllischen Gemeinde – mit einem Investor in Verbindung stehe, der sich, genau wie ich, um unser wirtschaftliches Wohlergehen sorgt.«

Tilda war die Einzige, die wusste, was ein Investor ist. Mario hatte ihr mal erklärt, das sei eine Person oder Firma, die Geld in ein Geschäft steckt, um am Ende noch mehr Geld für sich rauszuholen.

»Der Investor plant, hier in unserem Ort eine große Freizeitanlage zu bauen. Mit einem Luxushotel, einem Schwimmbad und – man höre und staune – einem Golfplatz!« Fritz Eierhals wartete auf Beifall und bekam ihn.

»Gerade die unter euch, die ein eigenes Geschäft haben, werden mir zustimmen, wenn ich sage, dass wir uns alle mehr Kunden und damit auch mehr Umsatz wünschen.« Er schaute zu Erwin und Fines

Eltern, weil er wusste, dass sie mit ihrer Bäckerei Probleme hatten und ihnen die Kunden fehlten.

»Warum, so werdet ihr euch fragen, schlagen wir nicht einfach ein und verkaufen die Grundstücke, die der Investor zur Umsetzung seines Vorhabens benötigt?« Fritz Eierhals hielt beide Arme ausgestreckt gen Himmel, so als könnte er die Antwort von der Decke pflücken. Er machte absichtlich eine Pause, und die Leute im Saal fingen an zu tuscheln.

»Viele von euch ahnen es.« Fritz nahm die Arme runter und stützte sich mit beiden Händen am Rednerpult ab. »Für alle anderen sage ich es hiermit noch einmal in aller Deutlichkeit: Es ist eine Frau, die Widerstand leistet. Eine einzige Frau, die sich beharrlich weigert, ihr Grundstück zu verkaufen. Genau das Grundstück, auf dem das Luxushotel einmal stehen und unsere Region zu neuer Blüte und Wohlstand führen soll. Es ist – ihr könnt es euch denken: Wanda Wunderlich!«

Ein Raunen ging durch die Reihen.

Fritz Eierhals gab seiner Frau ein Zeichen. Daraufhin füllte sie die Gläser der Anwesenden ein zweites Mal.

»Und wisst ihr was?«, fuhr er fort. »Wisst ihr, was sie zu ihrer Verteidigung sagt? Sie sagt: ›Ich wohne gern hier. Und ich will auch nirgendwo anders wohnen! Zum Teufel mit eurem Hotel. Ich verkaufe nicht!‹«

Nachdem die empörten Rufe einiger Anwesenden verklungen waren, setzte der Bürgermeister seine Rede fort.

»Das ist – ihr werdet mir alle zustimmen – egoistisch! Das ist ein Schlag ins Gesicht aller, denen das wirtschaftliche Wohl unserer Gemeinde am Herzen liegt. Ihr kennt Wanda Wunderlich. Sie ist eine Quertreiberin, eine Aufständische, eine Rebellin! Und: Sie verhindert den Fortschritt! Kurzum: Sie ist ...« – Fritz machte eine bedeutungsvolle Pause – »Sie ist eine, die nicht zu uns gehört!«

Die Kinder waren entsetzt. Wie konnte der Eierhals nur so gegen Wanda hetzen?

»Aber sie frisst keine Kinder«, brummte Linus. Er hatte die ganze Zeit seine Nase und linke Backe so fest gegen das Lüftungsgitter gepresst, um bloß nichts zu verpassen, dass das quadratische Gittermuster dort tiefe Abdrücke hinterlassen hatte.

»Alles andere stimmt aber auch nicht«, fügte Siri hinzu.

Nun sprang eine Frau aus dem Publikum auf. »Außerdem habe ich gehört, dass sie nicht putzt! Nicht den Boden, nicht die Fenster, nicht die Lichtschalter, nicht die Fußleisten. Einfach nichts! Die Katze schläft in ihrem Bett, und die Hühner spazieren sogar auf ihrem Esstisch herum! Das muss man sich mal vorstellen!«

Einige Leute nickten zustimmend, andere lachten.

»Wer ist denn diese Tussi?«, fragte Erwin.

»Das ist Brigitte Bobbes-Bimsstein. Sie war mal Oberlehrerin an einem Gymnasium. Mama sagt, sie hat einen Putzfimmel«, erklärte Fine.

»Was ist ein Fimmel?«, fragte Linus mit der karierten Backe.

»Sie hat einen an der Klatsche.« Siri tippte ihrem Bruder an die Stirn, um ihm zu zeigen, wo bei einem Menschen die Klatsche war. »Und jetzt sei still. Es geht weiter.«

Henny Eierhals füllte schon wieder die Gläser der Zuhörer. Tilda hatte vielleicht recht, und Fritz

Eierhals wollte die Leute wirklich besoffen machen.

Erst jetzt sah Tilda, dass auch Mario im Publikum saß. Er schrieb irgendwas auf seinen Block. Tilda hoffte, dass er nicht von dem Besoffenmachzeugs trank und sich von Fritz Eierhals überreden ließ, zu irgendwas Ja zu sagen.

»Wir müssen«, Fritz Eierhals holte tief Luft. »Nein, wir müssen nicht nur, es ist sogar die Pflicht aller, die sich dem Wohlstand und dem Fortschritt nicht entgegenstellen wollen, wir müssen etwas gegen diese Rebellin unternehmen!«

Nicht alle klatschten Beifall. Aber die, die es taten, taten es laut und mit großer Begeisterung. Am lautesten applaudierten Brigitte Bobbes-Bimsstein, Ferdinand Erbswurst, der Bankdirektor, Henny Eierhals, ein paar komische Gestalten, die keiner kannte, und der Bauer Krummbier.

»Weiß eigentlich einer, ob die Schweine und Ferkel von Krummbier wieder aufgetaucht sind?«, fragte Fine. Alle verneinten, und Tilda versprach, Mario bei nächster Gelegenheit danach zu fragen.

»Wir müssen mit allen Mitteln erreichen, dass Wanda Wunderlich ...«

Die Saaltür wurde aufgestoßen und ein alter Mann mit Gitarre betrat den Raum. Er trug ein schwarzes T-Shirt mit dem Aufdruck »Love & Peace«, sowie eine graue Jogginghose mit ausgebeulten Knien. In seinen Filzpantoffeln schlurfte er durch die Reihen und ließ sich weder von den verdutzten Blicken der Gäste noch von Fritz Eierhals' knallroter Birne beeindrucken.

»O nein! Das ist ja Uropa!«, krächzte Tilda. »Ich muss ihn aufhalten!«

Doch Uropa hatte bereits das Podium bestiegen und auf einem Stuhl Platz genommen. Nun stimmte er seine Gitarre.

»Ihr habt bestimmt schon den ganzen Abend auf mich gewartet«, rief er ins Publikum. »Aber jetzt bin ich da, und das Konzert kann losgehen!«

Die Leute waren so platt, dass keiner etwas sagte. Auch Fritz Eierhals nicht, dessen Gesicht noch immer glühte wie die Holzkohlen unter dem Grillrost.

Uropa haute in die Saiten und begann zu singen: »Sag mir, wo die Blumen sind. Wo sind sie geblieben? Sag mir, wo die Blumen sind. Was ist gescheh'n?«

9. Kapitel

Tilda brauchte alle Überredungskunst, um Uropa vom Podium runterzuholen. Er wollte nicht einsehen, dass er sein Konzert abbrechen sollte. Er sei es seinen Fans schuldig, sein ganzes Programm zu spielen, sagte er. Die vollen zwei Stunden. Fritz Eierhals beschimpfte er, als der sich in die Diskussion einmischte, einen Schiffschaukelbremser und stieß ihn von sich. Als ihn Tilda schließlich am Arm packte und mit sich zum Ausgang schleppen wollte, rief er: »Hilfe! Polizei! Man will mich entführen!«

Tilda ließ ihn los, redete mit Engelszungen auf

ihn ein und versprach ihm das Blaue vom Himmel, wenn er nur mitkäme.

Doch Fritz Eierhals war noch nicht fertig. »Wo kommst du überhaupt her, kleines Fräulein?« Er stemmte seine Hände in die Hüften und schob seinen Bauch so weit vor, dass ihm fast der Bauchnabelknopf von seinem Hemd abgeplatzt wäre.

Ertappt.

»Ich, ich ...«

Verflixt, sie brauchte eine gute Ausrede!

»Ich hab ihn schon überall gesucht. Die Goldene Linde war meine letzte Rettung.«

Etwas Besseres fiel ihr leider nicht ein, und Fritz Eierhals pustete bloß ein verächtliches »Pah!« aus.

»Lassen Sie die junge Dame in Ruhe, Sie ungehobelter Holzklotz!«, schrie Uropa mit einem Mal und drohte Fritz mit der geballten Faust. »Ich bin nicht nur Musiker, ich bin auch Boxer. Dritter bei der Bezirksmeisterschaft von 1967. Provozieren Sie mich nicht! Sonst ...«

Tilda umklammerte Uropas Faust. »Danke für Ihre Hilfe«, sagte sie geistesgegenwärtig und schenkte Uropa ihr schönstes Lächeln. Das mit dem Siezen war ein Trick, der schon öfter funktioniert hatte. »Könnten Sie so nett sein und mich nach Hause bringen?«

»Aber ja doch«, strahlte Uropa und bot Tilda seinen Arm an. Gemeinsam verließen sie den Saal. Tilda hielt die ganze Zeit die Luft an und wagte nicht, Uropa loszulassen. Geschweige denn, sich den Schweiß von der Stirn zu wischen.

Draußen warteten bereits Fine, Erwin, Siri und Linus.

»Das war der Hammer, Tilda!« Linus' Stimme überschlug sich fast vor Begeisterung. »Wie du das hingekriegt hast! Du ...«

Siri sah den verwirrten Blick von Uropa und bremste auf der Stelle ihren Bruder mit einem unauffälligen Rippenstoß.

»Dürfen wir Sie begleiten?«, fragte sie Uropa.

»Ja, gern«, antwortete er. »Ich fühle mich geschmeichelt, von so viel Jugend umgeben zu sein.«

Mit Uropa zu gehen, dauerte doppelt so lang wie ohne ihn, aber sie schafften es immerhin, ihn ohne Zwischenfälle nach Hause zu bringen.

Nachdem er sich bettfertig gemacht und seine

Zähne in einem Wasserglas versenkt hatte, wünschten sie ihm noch eine gute Nacht und gingen nach Hause.

Morgen Nachmittag wollten sie sich zu einer Krisensitzung treffen.

10. Kapitel

Fine und Erwin hatten die Picknickdecke in ihrem Garten ausgebreitet, als die anderen drei kamen.

»Alles klar mit Uropa?«, fragte Siri.

»Ja, alles klar«, antwortete Tilda. »Die Frau von der Sozialstation war heute Morgen da. Sie hat ihn in die Tagespflege des Seniorenheims gebracht. Da gibt er heute ein Konzert. Ein Konzert ohne Unterbrechung.« Sie lachte. »Auch wenn er manchmal echt seltsam ist, glaube ich, er ist zufrieden und glücklich.«

Zufrieden und glücklich. Wenn es nur allen so

ginge, die in Oberunterlinksrechtshausen wohnten.

»So richtig nett war Fritz Eierhals ja noch nie«, sagte Erwin.

»Wie der über Wanda geschimpft hat«, sagte Siri. »Das war unter aller Sau!«

Bei dem Wort »Sau« dachte Tilda an die Schweine und Ferkel von Bauer Krummbier. Wie war diese Sache eigentlich ausgegangen?

»Wir sind wieder da!«, tönte die Stimme von Erwin und Fines Vater hinaus in den Garten. »Wir haben einen Hefezopf mitgebracht. Wollt ihr?«

Was für eine Frage? Klar wollten sie. Dieser Hefezopf war der leckerste weit und breit. Man konnte sogar fünf oder sechs Scheiben davon essen, bevor man Bauchweh bekam.

Doch anstatt das versprochene Gebäck zu bringen, rief der Vater: »Kommt ihr mal bitte?«

Weil sie nicht wussten, wen er mit »ihr« gemeint hatte, standen sie alle auf und gingen ins Haus.

Die Mutter hielt Fine und Erwin ein gefülltes Schraubdeckelglas vor die Nase. »Was bitte ist das?«

»Äh … das ist Marmelade«, antwortete Fine.

»Und was steht drauf?«, fragte sie.

Fine las vor: »Heldenblut mit wilden Brummbären und wirklich wahrer Wahrnille.«

Schweigen. Keine Reaktion.

»Wir fanden es lustig«, verteidigte sich Fine.

»Es war nämlich so, dass sich Linus beim Pflücken der Brombeeren an den Stacheln der Hecke …«, versuchte es Erwin mit einer Erklärung. Doch sein Vater unterbrach ihn. »Uns interessiert, woher diese Marmelade kommt.« Der Ton, in dem er das sagte, signalisierte Warnstufe acht von zehn auf der Elternwutskala.

»Die haben wir gestern gekocht«, sagte Fine kleinlaut.

»Und wo?«, fragte ihr Vater. »Verflixt nochmal! Muss man euch jedes Wort aus der Nase ziehen?«

»Bei Wanda«, sagte Erwin, bemüht um eine feste Stimme.

Schweigen. Keine Reaktion.

Vermutlich brauchte ihr Vater Zeit, um Kräfte zu sammeln für dic Schimpftirade, die Sekunden

später folgte und die mit dem Satz endete: »Da geht ihr mir nicht mehr hin! Verstanden?!«

Eigentlich wäre es fair gewesen, ihr Vater hätte die Gründe für sein Verbot genannt. Machte er aber nicht. Und sowohl Erwin als auch Fine wussten, dass es ab Warnstufe acht sinnlos war, nachzubohren. Deshalb nickten sie nur und sagten: »Ja, verstanden.«

Den Hefezopf kriegten sie trotzdem. Mit Butter und Erdbeermarmelade, die ihre Mutter gekocht hatte. Sie nahmen alles auf einem Tablett mit in den Garten. Aber schmecken wollte es nicht so gut wie sonst.

»Habt ihr auch schon Ärger gekriegt?«, wollte Tilda von Linus und Siri wissen.

Siri schüttelte den Kopf. »Kann aber vielleicht noch kommen.«

Sie grübelten darüber nach, warum die Eltern von Erwin und Fine so sauer geworden waren? Und warum sie ihren Kindern verboten, zu Wanda zu gehen? Was hatte sie ihnen denn getan?

»Ich weiß, wer uns weiterhelfen kann«, sagte Tilda. »Gehen wir.«

Sie räumten ihre Sachen zusammen und verließen das Haus.

»Hallo!« Tilda hängte ihren Haustürschlüssel ans Brett neben der Tür. Mario lag im Wohnzimmer auf dem Sofa und las Zeitung. Er war so tief in seine Lektüre versunken, dass Tilda noch mal »Hallo!« sagen musste, bevor er reagierte.

»Wir müssen reden, Mario«, sagte Tilda.

Mario legte die Zeitung weg. »Oha! Das sagt deine Mutter auch immer, wenn es was Ernstes ist.« Er schwang seine Füße vom Sofa, und Tilda setzte sich auf den freigewordenen Platz. »Ich komme gleich auf den Punkt. Warum haben alle Leute etwas gegen Wanda?«

»Na ja, nicht alle«, entgegnete Mario. »Ich mag sie. Sie macht, was sie will. Egal, ob es anderen passt oder nicht.«

Aber, so fügte er hinzu, er wüsste schon, dass es einigen Leuten am liebsten wäre, sie würde aus dem Dorf verschwinden.

»Sie sind halt scharf auf ihr Grundstück.«

»Um diese pomforzionöse Freizeitanlage darauf zu bauen?«, fragte Tilda.

Mario stutzte. »Woher weißt du denn davon? Die Idee hat Fritz Eierhals doch erst gestern Abend auf der Bürgerversammlung vorgestellt. Aber als du reinkamst, um Uropa zu holen, war er schon fertig.«

Erwischt! Tilda kriegte vor Verlegenheit rote Bäckchen. Was sollte sie bloß sagen? Sie wollte auf keinen Fall verraten, dass sie alle zusammen gestern Abend heimlich gelauscht hatten.

»So was spricht sich eben rum!«, sprang ihr Fine zu Hilfe.

Mario gab sich damit zufrieden.

Und Tilda fiel ein, dass sie noch eine Frage hatte. »Was ist eigentlich mit den Schweinen und Ferkeln von Bauer Krummbier? Sind die wieder da?«

»Nein, die Tiere sind noch nicht gefunden worden«, seufzte er. »Aber komisch ist das schon. Fast verdächtig.«

Wie? Verdächtig? Was meinte er damit? Die Kinder wollten unbedingt mehr wissen, mussten aber warten, bis Mario sich einen Kaffee gekocht hatte. Das dauerte. Warum tranken Erwachsene eigentlich so gern Kaffee? Der schmeckte doch scheußlich bitter.

Mario kam zurück aus der Küche und rührte in seiner Tasse. »Überlegt mal. Das sind Schweine und keine Ameisen. Die kann man nicht so einfach übersehen. Da liegt doch die Vermutung nah, dass …«

»Du meinst, sie sind entführt worden?«, fiel ihm Erwin mit großen Augen ins Wort.

Mario nippte an seinem heißen Kaffee. »Das habe ich nicht gesagt.«

»Aber vielleicht gedacht«, gab Erwin zurück.

»Ich werde der Sache auf jeden Fall nachgehen«, sagte Mario.

»Dürfen wir mitgehen?«, fragte Linus, der schon die nächste Mutprobe witterte.

Mario lachte nur. »Du bist ja süß, Linus. Nee, lasst mal. Ich mache mein Ding. Und ihr macht euer Ding.«

Na super. Damit waren sie keinen Schritt weiter und wussten kaum mehr als vorher.

»Was sollen wir denn mit einem Luxushotel?«, fragte Siri. »Und wer von den Leuten, die hier wohnen, will Golf spielen?«

»Genau.« Mario nickte. »Und das Schwimmbad

bauen sie auch nicht für euch Kinder. Das ist nur für Hotelgäste.«

Aber, so erklärte Mario, der Bürgermeister Eierhals und seine Anhänger wollen mehr Tourismus im Dorf. Mehr Tourismus, das würde auch mehr Einnahmen bedeuten.

»Das sind mal wieder so Erwachsenensachen«, brummte Linus.

11. Kapitel

Linus und Siri hatten es bereits geahnt: Auch sie durften nicht mehr zu Wanda gehen. Ihre Mutter schimpfte zwar nicht, aber sie verbot es trotzdem.

»Diese Frau ist mir nicht geheuer«, sagte sie.

»Wenn sie dir nicht geheuer ist, ist sie dir dann ungeheuer?«, fragte Linus.

Keine Antwort.

»Sie ist aber kein Ungeheuer! Echt nicht.«

Mama guckte komisch, sagte aber wieder nichts. Es blieb bei dem Verbot.

Als Linus allein im Zimmer war, rief er die geheime Geheimnummer an. Wanda war gleich dran, und er erzählte ihr alles.

»Was sollen wir denn jetzt machen?«, fragte Linus.

»Wenn eure Eltern verboten haben, dass ihr zu mir kommt, dann müsst ihr euch auch daran halten«, antwortete Wanda.

Linus war irritiert. Hä? Sie sollten machen, was ihre Eltern sagten? Sie sollten brav sein? Echt jetzt? Er hatte gehofft, dass sich Wanda auf Seiten der Kinder stellen würde.

»Ich muss auflegen«, fuhr Wanda fort. »Ich gehe an den Weiher im Wald. Ich habe meinen Tieren einen Ausflug versprochen. Weißt du, wo der Weiher ist?«

Linus nickte.

»Ja oder nein?«

»Ja.« Linus war so durcheinander, dass er vergessen hatte, dass sie ihn am Telefon nicht sehen konnte.

»Weißt du auch den Weg?«

»Ja.«

»Dann ist ja gut.«

Klack. Wanda hatte aufgelegt.

»Na, sag schon. Was habt ihr besprochen?«, fragte Siri ungeduldig.

»Wir sollen nicht zu ihr kommen, aber sie ist sowieso nicht zu Hause. Sie geht jetzt an den Weiher im Wald.«

Anders als Linus, verstand seine Schwester sofort, welche Botschaft Wanda ihnen damit zukommen lassen wollte.

»Hey! Das ist eine Einladung! Wenn wir sie nicht zu Hause besuchen dürfen, dann treffen wir uns eben woanders.«

Siri grinste.

Linus kapierte nicht und hielt vor lauter angestrengtem Nachdenken die Luft an. Dann schlug er sich mit der Hand auf die Stirn. »Genau! Woanders treffen hat ja keiner verboten!«

Siri trommelte alle zusammen, und sie machten sich auf den Weg.

Kurz nachdem sie das Ortsschild hinter sich gelassen hatten, bogen sie nach links ab und verließen den ausgetretenen Pfad, der hoch zum Hang führte. Der Gesang fröhlich zwitschernder Vögel begleitete sie. Trockene Zweige knackten unter ihren Füßen. Es fühlte sich nach Abenteuer an, als sie sich die letzten Meter durch das dichte Unterholz kämpften.

Nun lag der Weiher vor ihnen. Friedlich und still. Die Sonne spiegelte sich auf der braungrünen Wasseroberfläche. Der Steg, der vom Ufer einige Meter ins Wasser ragte, war zwar alt, aber stabil. Neben dem Weiher erinnerten viereckige Becken an die Forellenzucht, die hier einmal gewesen war. Irgendwann, wahrscheinlich im letzten Jahrhundert.

Sie zogen Schuhe und Strümpfe aus, setzten sich auf den Steg und hängten ihre Füße ins Wasser. Sie machten Wellen und ließen Steine über das Wasser flitschen.

»Aua!« Linus fasste sich an den Nacken. Irgendetwas hatte ihn getroffen.

»Aua!«

Dieses Mal hatte es Fine am Rücken erwischt.

Siri sah eine Erbse am Boden liegen. Sie hob sie auf.

Wo kam die denn her? Hier wuchsen doch keine Erbsen. Schon gar keine getrockneten Erbsen.

Jemand kicherte. Sie sahen sich nach allen Seiten um, aber entdeckten niemand.

»Hallo! Hier!«, flötete die Kicherstimme.

Zehn Augen richteten sich suchend nach oben.

»Hier bin ich!« Auf dem Ast eines Baums saß Wanda und winkte ihnen zu. In der anderen Hand hielt sie ein Blasrohr.

»Ey, was für eine krasse Idee! Uns mit Erbsen zu beschießen«, lachte Tilda. »Ganz schön durchgeknallt.«

Wanda kletterte vom Baum. Sie holte den Picknickkorb, den sie im Gebüsch versteckt hatte, und setzte sich zu ihnen auf den Steg. Sie trug ein weites Blümchenkleid und einen Strohhut mit breiter Krempe. Der Deckel des Huts war abgeschnitten, durch das Loch schaute ihr Haardutt raus.

»Was für ein Zufall!«, freute sich Wanda. »Wie schön, euch hier an diesem abgelegenen Ort zu treffen.«

Herr Abendrot und Frau von Morgenstern kamen aus dem Wald und gesellten sich zu ihnen.

»Wir haben deine Botschaft entschlüsselt.« Linus zwinkerte Wanda zu, die jedoch behauptete, von einer Botschaft nichts zu wissen.

»Warum hat dein Hut ein Loch?« Linus deutete auf Wandas Kopf.

»Damit Aprikose spazieren fliegen kann, wann sie möchte«, antwortete Wanda.

Sie öffnete den Korbdeckel und holte kleine Päckchen raus. »Hunger?«

Wanda verteilte kleine, in Butterbrotpapier eingewickelte Häppchen. »Das sind Gurkensandwiches. Die haben wir, als ich in England lebte, immer zum Nachmittagstee gegessen.«

Was? Sie hatte in England gelebt?

Während die Kinder ihre Snacks auspackten und aßen, erzählte Wanda.

Sie war früher Lehrerin an einem Gymnasium gewesen. Dann hatte sie gekündigt, weil sie noch was anderes erleben wollte. Sie zog in eine kleine Stadt in Cornwall und unterrichtete Deutsch in einem Internat. Dann verliebte sie sich und heiratete einen Musiker, mit dem sie zusammen um die Welt reiste. Zuerst nach Indien, nach Afrika, dann nach Hawaii, nach Japan und schließlich nach Finnland.

»Boah. So weit weg warst du?« Linus war schwer beeindruckt.

Wanda nickte. »Ja, so weit weg. Und jetzt bin ich wieder hier.«

Linus nahm sich fest vor, die Entfernungen von einem Land zum anderen auszurechnen und zu addieren. Große Zahlen, so fand er, gehörten zu Abenteuergeschichten wie das Salz in die Suppe.

Siri räusperte sich, bevor sie sich traute zu fragen: »Und wo ist dein Mann?«

»William ist vor ein paar Jahren gestorben.« Wanda bekam wässrige Augen. Sie wirkte traurig.

Einige Momente herrschte betretenes Schweigen.

»Tut uns leid«, sprach Tilda schließlich aus, was alle dachten.

Wanda lächelte ihre Traurigkeit weg. »Danke für euer Mitgefühl.«

Wie Wanda so da saß, in ihrem Blümchenkleid und mit nackten Füßen im Wasser, war es kaum

vorstellbar, dass manche Erwachsenen sagten, sie wäre eine Hexe. Eine böse Hexe.

»Bist du wieder hier, weil du jetzt allein bist?«, fragte Tilda.

»Nein, William und ich hatten ursprünglich vor, unseren Lebensabend hier gemeinsam zu verbringen. Das Haus gehörte schon meinen Großeltern. Meine Mutter hat hier ihre Kindheit verbracht, dann ich. Ich habe das Haus nie verkaufen wollen.«

Wanda verteilte neue Butterbrotpäckchen. Dieses Mal waren es Frischkäse-Sandwiches mit Tomaten und Kresse.

Meise Aprikose flatterte aus dem Haarnest und pickte die Krümel auf, die Erwin neben sich ausstreute.

»Als Fritz Eierhals mir schrieb, dass er mein Haus und die Ländereien kaufen wollte, wurde ich misstrauisch«, fuhr Wanda fort. »Gleich nach Williams Seebestattung kam ich zurück.«

Frau von Morgenstern erhob sich von ihrem Sonnenplatz auf den Holzplanken und räkelte sich. Dann setzte sie sich auf Wandas Schoß, rollte sich ein und begann zu schnurren.

Und Herr Abendrot hatte seinen Erkundungsgang durch den Wald beendet. Er legte sich neben Erwin und ließ sich den Kopf kraulen.

Wanda erzählte weiter.

Zu ihrem Grundstück gehörten nicht nur Haus und Garten, sondern auch der ganze Wald. Vom Tal bis zur Anhöhe, wo Wandas Haus stand. Dazu kamen noch einige Äcker, die Bauer Krummbier bewirtschaftete.

»Gehört der Weiher auch dir?«, fragte Linus.

Wanda nickte.

»Und jetzt«, fuhr Wanda fort, »wollen sie ein Luxushotel hier bauen.«

Fritz Eierhals hatte Wanda nicht nur einen unverschämt niedrigen Preis für ihren Besitz geboten, er hatte ihr auch mit Konsequenzen gedroht, wenn sie dem Verkauf nicht zustimmen würde.

»Darf er das?«, fragte Fine mit großen Augen. »Das ist doch Erpressung.«

»Genau genommen schon«, seufzte Wanda. »Aber er versucht es halt.«

Wanda erzählte noch mehr. Nach dem Verkauf sollte der Wald gerodet werden, alles sollte zu einem Golfplatz umgebaut werden. Auf dem Gelände, auf dem Wandas Haus stand, würde das Luxushotel entstehen, der Hang sollte teilweise abgetragen werden, um Platz für Parkplätze und die Freizeitanlage zu schaffen. Und für das Erlebnisbad müsste der Weiher weichen. Die Bäume drumherum natürlich auch.

»Warum wollen die das?«, fragte Linus.

»Weil sie Geld verdienen wollen«, antwortete Wanda. »Viel Geld. Die Natur wäre dann aber futsch.«

»Ich will aber keine futsche Natur«, rief Linus.

Wanda verteilte Zitronenküchlein. Während sie schweigend aßen, stellte sich jeder vor, wie es aussehen würde, wenn der Wald weg wäre.

»Und? Verkaufst du?«, fragte Siri.

»Nein.« Wandas Stimme klang entschlossen. »Nur über meine Leiche.«

12. Kapitel

Der schmale Waldweg, der zurück ins Dorf führte, war lange nicht benutzt worden. Er war kaum noch als solcher zu erkennen. Es sah aus, als hätte sich die Natur ihr Revier zurückerobert.

Wie schon vorhin auf ihrem Weg zum Weiher, mussten die Fünf hintereinandergehen. Linus ging voraus, hinter ihm Siri, Erwin und Fine. Tilda bildete das Schlusslicht.

Lange Zeit sprach keiner ein Wort. Jeder war mit seinen eigenen Gedanken beschäftigt, die sich nicht nur um das Luxushotel, den Golfplatz und die anderen Dinge drehten, die hier gebaut werden sollten. Ihre Gedanken kreisten auch um Wanda. Die Frau, die eine Hexe sein sollte, aber eigentlich eine total nette Oma war.

»Mistfurzkack!« Linus kickte plötzlich einen morschen Stock ins Unterholz. »Ich will nicht, dass Wanda tot ist.«

»Hä?« Siri hielt ihren Bruder am Ärmel fest, damit er stehen blieb. »Was redest du da?«

Linus wollte aber nicht stehen bleiben. Dazu war er viel zu sauer. Er schüttelte Siris Hand ab und latschte weiter. Dabei hob er noch nicht mal seine Füße, sondern schob wütend einen Fuß vor den anderen. Er durchpflügte den Teppich aus Baumnadeln, Tannenzapfen und dünnen Zweigen, den der Wald hier ausgelegt hatte.

»Wanda hat gesagt: ›Nur über meine Leiche‹«, rief Linus.

Erwin überholte Siri und legte eine Hand auf Linus' Schulter. »Hey, das ist doch nur so ein Spruch. Das sagt man, wenn man etwas auf keinen Fall machen will. Und Wanda will auf keinen Fall ihr Haus und die Grundstücke verkaufen.«

»Echt jetzt?«

»Ja, echt jetzt!« Erwin nickte.

Sie gingen weiter. Schweigend. Bis sie am Dorfplatz ankamen.

Dort sahen sie einige Autos mit fremden Kennzeichen. Zwei große Limousinen, ein nagelneuer schwarzglänzender Geländewagen, einige Mittelklassewagen.

»Weiß einer, was hier los ist?« Fine musste sich strecken, um ins Innere des Geländewagens schauen zu können.

»Nee, aber das kriegen wir raus.« Tilda steuerte auf den Gasthof zu.

An der Tür hing ein Schild »Geschlossene Gesellschaft«.

»Was bedeutet das?«, fragte Linus.

»Dass heute nur bestimmte Leute da drin sein dürfen. Und wir gehören nicht dazu«, antwortete Tilda und grinste verschwörerisch. »Ich glaube aber, dass wir da drin sein sollten. Nehmen wir den Hintereingang?«

Sie wartete die Antwort nicht ab und ging einfach los. Ganz wohl war den anderen nicht, aber sie folgten ihr.

Tilda spähte um die Ecke. Niemand war im Hof zu sehen. Sie gab ihren Freunden mit Handzeichen zu verstehen, dass sie sich hinter den Müllcontainern verstecken sollten. So wie sie es beim letzten Mal bei der Bürgerversammlung auch gemacht hatten. So langsam kriegten sie richtig Übung im Verstecken.

Zuerst lauschten sie nur. Sie hörten Geräusche aus der Küche.

Gesprächsfetzen, klapperndes Geschirr, ein vor sich hin dudelndes Radio. Aber am Fenster ließ sich niemand sehen.

»Los, mir nach!«, flüsterte Tilda.

Einer nach dem anderen verließ das Versteck. Hintereinander schlichen sie auf den Hintereingang zu. Noch fünf Meter. Noch vier. Noch drei.

Plötzlich flog die Tür auf.

»Was zum Teufel wollt ihr hier?«, donnerte Fritz Eierhals los und stemmte die Hände in die Hüften. »Das ist Hausfriedensbruch!«

Die Kinder erstarrten vor Schreck.

Herr Eierhals hatte einen hochroten Kopf und

dick geschwollene Adern am Hals. Gleich würden die Knöpfe von seinem Hemd abplatzen.

Während Linus noch überlegte, was »Hausfriedensbruch« bedeutete und ob man dafür ins Gefängnis kommen konnte, trat Erwin einen Schritt vor.

»Wir haben nur jemanden gesucht, Herr Eierhals«, rief er ihm zu und hoffte gleichzeitig, er würde nicht fragen, wen sie suchten. Das wusste er nämlich nicht.

»Pah! Das kann jeder behaupten!«, brüllte Herr Eierhals. »Polizei! Hier sind Einbrecher!«

Nur Sekunden später tauchte der Dorfpolizist hinter dem Bürgermeister auf.

»Wo? Wo?«, rief er und setzte hastig seine Mütze auf.

»Da! Sehen Sie sie nicht?« Fritz Eierhals zeigte mit seinem dicken Wurstfinger auf die Kinder, die noch immer in Schockstarre verharrten.

Der Polizist drehte sich im Zeitlupentempo zu Herrn Eierhals um.

»Aber das sind Kinder!«, sagte er so langsam, wie er sich gerade bewegt hatte.

»Ja, das sind Kinder!«, schrie Eierhals zornig und Spuckekügelchen flogen in hohem Bogen aus seinem Mund. »Einbrecherkinder! Fassen Sie sie!«

Der Polizist zog seine Uniformjacke glatt und steckte die Serviette, die er noch in der Hand hielt, in seine Hosentasche. »Beruhigen Sie sich, Herr Eierhals. Das klärt sich alles auf.«

Er ging auf die Kinder zu.

»Also, was habt ihr hier zu suchen?«, fragte er mit einem milden Lächeln auf den Lippen.

»Wir haben jemanden gesucht«, wiederholte Erwin.

»Und wen?«

»Äh ... den Uropa«, half ihm Tilda aus der Patsche.

Der Polizist sah sie nachdenklich an. »Den alten Mann mit der Gitarre? Meinst du den?«

»Ja, genau den meine ich!« Tilda lächelte den Polizisten unschuldig an. Der nahm seine Mütze ab und fuhr sich mit der Hand durch die Haare.

»Der war vorhin hier. Herr Eierhals hat ihn ... ähm ... rausgeworfen.«

»Das ist doch die Höhe!«, empörte sich der Bürgermeister, der geglaubt hatte, den Ordnungshüter auf seiner Seite zu haben.

»Nein, Herr Eierhals«, entgegnete der Polizist. »Das ist die Wahrheit.«

Tilda reagierte sofort.

»Dann müssen wir jetzt aber los. Sie wissen ja, dass Uropa manchmal ein bisschen wirr im Kopf ist.«

Sie gab den anderen vier ein Zeichen, und schneller als Herr Eierhals irgendetwas erwidern konnte, sausten sie vom Hof.

Sie hielten erst wieder an, als sie sicher waren, dass niemand sie verfolgte.

»Puh, das war knapp«, keuchte Fine.

Alle fünf schüttelten sich den Schreck aus den Gliedern.

Bis vor kurzem hatten sie noch behauptet, es wäre nichts los in Oberunterlinksrechtshausen. Davon konnte jetzt keine Rede mehr sein.

Dennoch war klar: In die Goldene Linde würden sie sich heute nicht mehr wagen. Das war zu gefährlich. Und obwohl der Polizist eigentlich ganz nett zu ihnen gewesen war, wollten sie es nicht auf eine weitere Begegnung mit ihm ankommen lassen.

Das Auto, das die Hauptstraße entlangfuhr, hielt an, das Seitenfenster wurde heruntergelassen.

»Darf ich euch zu einer Runde Eis einladen?«, fragte Mario. »Ich habe Feierabend und habe eine große Eisbox mitgebracht. Wenn ich das Eis alleine essen muss, platze ich.«

»So weit dürfen wir es auf keinen Fall kommen lassen«, lachte Tilda. Auf ihre Frage: »Kommt ihr mit?« bekam sie ein einstimmiges Nicken ihrer Freunde.

Zu Hause angekommen, stellte Mario die Kühlbox auf den Esstisch. Sie konnten wählen zwischen Schokolade, Waldfrucht, Erdbeere, Haselnuss und Salzkaramell. Die Becher waren so riesig, dass Tilda lieber Suppenlöffel statt Eislöffel aus der Küche holte. Linus wollte das Eis mit Salzkaramell, weil er so etwas noch nie probiert hatte.

Das hätte ein leckerer Abschluss eines aufregenden Tages werden können. Hätte nicht Tilda diese eine Frage an Mario gestellt.

»Weißt du, was heute in der Goldenen Linde los ist?«, fragte Tilda, nachdem sie sich den ersten Löffel Erdbeereis auf der Zunge hatte zergehen lassen.

Marios Blick verdunkelte sich.

»Das ist der Hammer, sag ich euch.« Er schob sich einen Löffel mit einem Berg von Schokoladeneis mit Schokostückchen in den Mund. »Heute sind diese Investoren mit ihren Bauplänen da. Bankdirektor Erbswurst hat einen Finanzierungsplan ausgearbeitet und Bürgermeister Eierhals sagt, er hätte schon alle Grundstücke gekauft, die gebraucht werden.«

Linus sprang empört auf, sein Eisbecher fiel ihm aus der Hand und kullerte über den Boden.

»Der lügt! Wanda hat nicht verkauft!« Er hob den Eisbecher auf und knallte ihn wütend auf den Tisch. »Wanda will viel lieber eine Leiche sein, über die man drübersteigen muss! Keine echte Leiche natürlich, das sagt man nur so.«

Mario prustete laut los. Ein Schokostückchen flog aus seinem Mund und landete genau auf Linus' Backe.

»Hat sie gesagt: ›Nur über meine Leiche‹?«

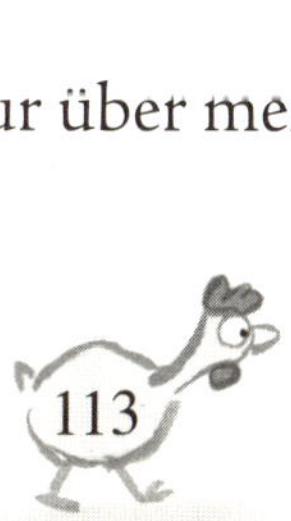

»Genau.«

Mario entschuldigte sich für das Missgeschick mit der Schokolade und gab Linus eine Serviette. Dann wurde er ganz ernst.

»Wanda Wunderlich ist die Einzige, die dem Bau noch im Weg steht«, sagte er ernst. »Hoffentlich bleibt es so.«

Eigentlich hatte Mario nur einen kleinen Artikel für die Zeitung schreiben sollen. Er hatte nachgeforscht und war auf merkwürdige Sachen gestoßen. Er hatte herausgefunden, dass Fritz Eierhals in seine eigene Tasche wirtschaftete. Er behauptete zwar, alles zum Wohl der Einwohner zu machen, insgeheim bekam er aber Geld von den Investoren. So viel, dass er nach dem Bau des Hotels und des Golfplatzes genügend Geld für alle Zeiten haben würde. Mario hatte sogar rausgekriegt, dass er und seine Frau Henny schon eine Anzahlung für ein Haus in Spanien gemacht hatten. Ferdinand Erbswurst würde auf der Karriereleiter hochsteigen und vom Bankdirektor zum Chef über alle Banken in der Region ernannt werden. Und Bauer Krummbier würde nach dem Verkauf der Ländereien, die ihm selbst gehörten, nie wieder arbeiten müssen.

»Und was ist mit Brigitte Bobbes-Bimsstein?«, fragte Siri. »Die hängt doch auch immer mit denen rum.«

»Die übt Rache an Wanda«, sagte Mario und sah in verständnislose Gesichter. »Sagt bloß, ihr wisst nicht, dass Wanda ihre Erzfeindin ist?«

Nein. Das hatte wirklich keiner gewusst.

Erst jetzt erfuhren sie von Mario, dass die beiden Lehrerinnen an derselben Schule gewesen waren. Wanda war die beliebteste und Brigitte Bobbes-Bimsstein die unbeliebteste Lehrerin. Die Wut darüber hatte sich bei Frau Bobbes-Bimsstein angestaut, und nun zog sie bei jeder Gelegenheit über Wanda her.

»Wie kindisch Erwachsene doch sein können.« Fine schüttelte den Kopf.

»Wie gut«, fand Siri, »dass wir die nicht als Lehrerin hatten.«

Mario stand auf und warf seinen leeren Eisbecher in die Mülltonne.

»Sie war es auch, die den Polizisten zu Wanda

geschickt hat, um bei ihr nach den verschwundenen Schweinen und Ferkeln zu suchen«, fuhr Mario fort.

Stimmt! Die Tiere! Die hatten sie ja total vergessen.

Die Kinder überlegten, ob sie sich selbst auf die Suche nach den Tieren machen sollten. Irgendwo mussten sie doch sein.

Bevor sie sich einen Plan ausdenken konnten, klingelte das Telefon. Mario ging dran.

»Ja, sie sind hier«, sagte er.

Obwohl Mario das Telefon nicht laut gestellt hatte, konnten sie die wütende Stimme am anderen Ende der Leitung hören. Fine und Erwin sahen sich an. Sie wussten, wer anrief.

»Machen Sie sich keine Sorgen. Ich schicke sie nach Hause.«

Fine und Erwin standen schon im Flur und zogen sich ihre Schuhe an.

»Hoffentlich gibt es nicht wieder Ärger«, murmelte Fine.

13. Kapitel

Es gab Ärger. Riesigen Ärger.

Fritz Eierhals hatte sich bei Fine und Erwins Eltern beschwert. Und er hatte sie mit seinem Geschwätz über den angeblichen Hausfriedensbruch so verunsichert, dass sie nun ihre Kinder am liebsten überhaupt nicht mehr aus dem Haus lassen wollten.

Fine und Erwin brauchten Stunden, um ihre Eltern davon zu überzeugen, dass das so nicht stimmte. Sie hätten Tilda bloß helfen wollen, Uropa zu finden. Ihren Ausflug an den Weiher im Wald verschwiegen sie.

Nach langem Hin und Her gab ihre Mutter nach. Sie wollten doch nur das Beste für ihre Kinder, sagte sie. Sie würden sich halt Sorgen um sie machen, sagte sie. Sie wollten keinen Ärger mit den Leuten im Dorf, sagte sie. Na, was Mütter halt so sagen, wenn sie nicht weiterwissen.

»Aber wir wollen nicht, dass ihr zu dieser schrecklichen Wanda nach Hause geht«, sagte ihr Vater schließlich.

»Wir haben uns nämlich beworben«, fügte ihre Mutter hinzu. »Wir wollen Brot und Brötchen für das Hotel liefern. Das wäre das Ende unserer finanziellen Sorgen.«

Fine und Erwin ging ein Licht auf. Deshalb also stellten sie sich die ganze Zeit hinter Fritz Eierhals und seine Geschäftskumpel und gegen Wanda.

Sie warteten, bis ihre Eltern vor dem Fernseher saßen, um die Abendnachrichten anzuschauen. Dann riefen sie bei Tilda an. »Die liegt in der Badewanne«, sagte Mario. »Kann ich was ausrichten?«

Fine zögerte, und Erwin gab ihr flüsternd zu verstehen, dass sie Mario alles erzählen sollte.

»Okay. Ich krieg das raus«, versprach Mario, nachdem ihm Fine die Sache mit dem Backauftrag fürs Hotel erklärt hatte.

An diesem Abend konnten Erwin und Fine lange nicht einschlafen. Ihre Gedanken saßen in einem fliegenden Kettenkarussell, für das sie keine Stopptaste fanden.

»Darf man eigentlich denken, dass Erwachsene blöd sind?«, fragte Fine unvermittelt in die nächtliche Stille hinein.

»Klar, darf man das. Ich probiere es gerade aus. Funktioniert hervorragend«, kicherte Erwin in seine Decke.

Fine knipste ihr Nachttischlämpchen an und stand auf. Sie holte den Schuhkarton mit ihren Playmobilfiguren aus dem Regal. Sie schüttete alle Figuren auf den Teppich und fischte ein paar heraus.

»Das ist Fritz Eierhals«, sagte sie und stellte einen Mann auf. Einen Arm drehte sie so, dass er in die Höhe zeigte. Neben ihm platzierte sie eine Figur für seine Frau Henny.

»Und das ist Erbswurst.« Die Figur im dunkelblauen Anzug stellte sie neben die Eierhälse.

»Und das hier«, sie hielt eine Frauenfigur mit blonden Haaren in die Höhe, »das ist die Bobbes-Bimsstein.«

»Hey, das ist ja eine coole Idee.« Erwin stand auf und setzte sich neben seine Schwester.

Er stellte drei gleichaussehende Figuren hinter die anderen drei. »Ich hab zwar keine Ahnung, wie Investoren aussehen, aber das sollen sie sein.«

Sie fanden im großen Figurenhaufen noch einen Bauern, der für Krummbier stand.

Damit hatten sie alle Blöden aufgestellt. Jetzt kamen die Netten an die Reihe. Als Erste kam Wanda. Die stellten sie auf den Schuhkarton, weil sie am Hang wohnte.

»Und das sind wir.«. Erwin stellte fünf Kinderfiguren vor den Schuhkarton. »Das sind die unerschrockenen Fünf.«

»Die nahezu unerschrockenen Fünf«, lachte Fine. »Schiss haben wir ja manchmal schon.«

Fine betrachtete den Figurenaufbau. »Merkst du was, Erwin? Wir sind in der Minderheit.«

»Noch«, sagte Erwin und stellte noch eine Figur für Mario dazu. »Es ist gut«, meinte er, »wenigstens einen Erwachsenen auf der Seite der Netten zu haben.«

Spätestens seit heute wussten sie, dass auch er nicht wollte, dass das Luxushotel gebaut wurde.

»Jetzt die, die wir noch überzeugen müssen«, sagte Erwin und suchte nach Figuren für ihre Eltern, für die Eltern von Linus und Siri und für Marie, ihre Busfahrerin.

Erwin stellte alle in die Nähe der Kinder und weit weg von den Blöden.

Auf einmal hörten sie Schritte im Flur. Blitzschnell sprangen sie auf, hüpften in ihre Betten und stellten sich schlafend.

»Warum brennt denn hier noch Licht?«, murmelte ihr Vater, ging zu Fines Nachttisch und knipste das Lämpchen aus. Als er wieder hinausgehen wollte, jaulte er plötzlich vor Schmerz laut auf.

»Verflixt! Warum räumen die nie ihre Spielsachen auf!«, jammerte er.

Fine und Erwin hörten, wie er humpelnd ihr Zimmer verließ und die Tür zumachte.

Fine wartete ein paar Sekunden, bevor sie das Licht wieder einschaltete.

Die Bösen waren umgefallen, Fritz Eierhals lag auf der Nase, den Arm noch immer von sich gestreckt. Nur sah es jetzt aus, als würde er sich am Boden festkrallen. Henny Eierhals war auf den Rücken gefallen, die Investoren lagen auf einem Haufen, Krummbier hockte auf seinem Hintern.

»Das ist doch schon mal ein Anfang«, grinste Erwin.

Zufrieden und hundemüde legten sich die beiden schlafen.

***

Zur selben Zeit gingen auch Linus und Siri ins Bett. Genau wie Fine und Erwin hatte es Ärger mit ihren Eltern gegeben. Sie waren später als verabredet nach Hause gekommen. Sie waren zu Stubenarrest verdonnert worden.

Das war gar nicht schlimm, wie sich herausstellen sollte.

Sie hatten das Tablett mit dem Abendbrot in Linus' Zimmer genommen und hatten sich damit in sein Tipi verkrochen. Ein hervorragender Platz, um nachzudenken und Pläne zu schmieden.

Siri hatte ein funkelnagelneues Notizbuch mit Spiralheftung und Glitzerpunkten geholt, und zusammen hatten sie Ideen aufgeschrieben, wie sie das Bauvorhaben verhindern könnten.

Je mehr Ideen aufs Papier flogen, umso mutiger wurden sie.

»Ich kann nicht mehr. Meine Hand tut weh.« Siri klappte das Buch zu, gab Linus ein Gutenachtküsschen und ging in ihr Zimmer.

Eigentlich hasste es Linus, Gutenachtküsschen von seiner Schwester zu bekommen. Heute aber war es, als würden sie damit den Anfang eines neuen Abenteuers besiegeln.

***

»Lass mal sacken«, sagte Mario zu Tilda und meinte, dass sie eine Nacht drüber schlafen sollte.

Dabei schwirrte ihr der Kopf. Mario hatte ihr haarklein erzählt, was er alles herausgefunden hatte. Die letzten Tage hatte er nichts anderes getan, als Hintergründe aufzudecken und zusammenzutragen. Das Geld, das sich Eierhals und die anderen erhofften, war nur das eine.

»Das ist ein massiver Eingriff in die Natur«, erklärte er. »Wenn der Wald gerodet wird, verschwinden die Tiere, die dort leben. Das bringt das Gleichgewicht der Natur durcheinander. Außerdem muss das ganze Gebiet aufgebaggert und umgepflügt werden, um den Rasen anzulegen. Und dieser Rasen muss an heißen Tagen ständig bewässert werden. Und wo kommt das Wasser her?«

Darüber hatte sich Tilda noch nie Gedanken gemacht. Das Wasser kam doch aus der Leitung. So, wie der Strom aus der Steckdose kam. War es nicht so?

»Oje, die sollten in der Schule mal das Fach Umweltschutz einführen.« Mario lachte bitter »Das ist Grundwasser. Wenn viel Wasser verbraucht wird, sinkt der Grundwasserspiegel. Und das kann verheerende Folgen haben.«

Mario nahm Tilda das Versprechen ab, alle Informationen für sich zu behalten. Nur ihren Freunden und Wanda durfte sie davon erzählen.

Er plante, einen Artikel über alles zu schreiben. Eine Enthüllungsstory. Nicht nur für den Lokalanzeiger, sondern für eine große Zeitung, die im ganzen Land gelesen wurde.

Morgen würde ein spannender Tag werden. Da war sich Tilda sicher.

Nachdem sie sich die Zähne geputzt hatte, klingelte das Telefon. Es war wieder Tildas Mama.

»Ich vermisse dich mein Schatz«, sagte sie.

»Ich vermisse dich auch«, antwortete Tilda. »Aber du musst dir keine Sorgen machen. Bei uns ist alles in Ordnung.«

»Genau das hat Mario auch gesagt«, lachte Mama. »Habt ihr euch abgesprochen?«

Tilda musste grinsen. Mario wollte genauso wenig wie sie, dass Mama beunruhigt war. Später, ja später, würden sie ihr erzählen, was hier alles in der Zwischenzeit passiert war.

14. Kapitel

Zu viert standen sie an der Bushaltestelle und warteten auf den Marienkäfer. Die Morgenkälte kroch ihnen unter die Klamotten und machte alles nur noch schlimmer.

Siri gähnte. Ihr Mund stand so weit offen, dass ihr Zahnarzt seine Vorsorgeuntersuchung hätte machen können.

»Seid ihr auch so müde?«, fragte sie die beiden neben ihr.

Fine und Erwin nickten schwach. Für große Bewegungen hatten sie heute Morgen noch keine Kraft.

Im Gegensatz zu den anderen war Linus völlig überdreht. Er hüpfte auf und ab wie ein Jo-Jo. »Wir haben gestern super Ideen gesammelt! Siri hat alles in ein Buch geschrieben und dann unter ihrer Matratze versteckt. Das müssen wir euch unbedingt erzählen!«

Der rote Marienkäferbus fuhr laut hupend die Straße entlang. Gleichzeitig kam Tilda von der anderen Seite mit großen Schritten auf die Haltestelle zugerannt.

»Tut mir leid«, keuchte sie. »Hat länger gedauert.«

Sie stützte die Hände auf die Knie, um wieder zu Atem zu kommen.

Der Marienkäfer hielt an. Linus öffnete die Tür und sprang hinein. Siri, Erwin und Fine trotteten hinterher. Tilda folgte. Noch immer atemlos.

»Na, Mäuschen, hast du verschlafen?« Marie zwinkerte Tilda zu.

»Ja. Nein. Mario und ich hatten noch was zu erledigen. Und außerdem: Ich bin kein Mäuschen.«

Marie hob entschuldigend ihre Hände.

»Sorry. Ich wollte nur nett sein.«

»Danke, das weiß ich«, antwortete Tilda unwirsch und ließ sich auf ihren Sitz fallen.

Wie immer begann Marie zu singen.

»We all live in a yellow submarine, yellow submarine, yellow submarine …«

Marie sang von einem gelben Unterseeboot, während sie den roten Marienkäferbus den Hang hochfuhr. Tilda war es recht. Sie war froh, dass Marie so laut sang. So konnte sie den anderen zuflüstern, dass sie jetzt ein Handy hatte. Es war das alte Handy von Mario, und er hatte es am Morgen noch in Gang setzen und mit Guthaben aufladen müssen.

»Damit wir erreichbar sind, wenn wir etwas Neues erfahren«, raunte sie den anderen zu. »Und damit er uns anrufen kann, wenn er was Neues weiß.«

Wow! Ihre Freunde waren beeindruckt. Und ein bisschen neidisch, weil Tilda einen so coolen Stiefvater hatte.

Während Marie weiter fröhlich vor sich hin trällerte, entdeckte Linus draußen etwas Merkwürdiges.

Rechts von der Straße, ganz am Ende eines

Ackers, hielt ein Traktor vor einer Scheune. Jemand stieg ab und zog zwei Kübel vom Anhänger.

Linus knuffte seine Schwester. »Kuck mal. Da hab ich ja noch nie jemanden gesehen.«

»Ja, ich dachte auch, die Scheune wird nicht mehr genutzt«, erwiderte Siri.

Der Mann im blauen Arbeitsanzug stellte die Kübel ab und öffnete das Scheunentor.

Jetzt sahen es die anderen auch.

»Ist das verdächtig? Oder ist das nicht verdächtig?« Tilda zückte ihr Handy und rief Marios Nummer an.

»Ich bin's.« Sie sprach leise, hielt aber sicherheitshalber noch ihre Hand über Mund und Handy. Marie sollte nicht hören, worum es ging. »Da geht jemand in die verlassene Scheune. Jemand, der mit dem Traktor gekommen ist. Der trägt gerade zwei Kübel rein.« Tilda lauschte Marios Antwort. »Ja, genau. Am Hang, auf der anderen Seite der Straße. Nicht dort, wo Wanda wohnt. Aber weit weg von der Straße.« Tilda nickte stumm. »Okay. Alles klar. Over and out.«

Vier Kinder starrten Tilda erwartungsvoll an,

während Marie das Lied vom gelben Unterseeboot zum zweiten Mal sang.

»Mario kümmert sich drum«, sagte Tilda knapp. »Er ruft mich wieder an.«

***

Bis zur ersten Pause hatte Mario noch keine Nachricht geschickt. Bis zur zweiten Pause auch nicht.

Sie hielten es kaum noch aus. Tilda rief bei Mario an, erreichte aber nur die Mailbox.

Was hatte das zu bedeuten? War das ein gutes oder ein schlechtes Zeichen? Vor Aufregung vergaßen sie, ihre Schulbrote zu essen.

Erst als die Schule aus war, kam der erlösende Pieps aus dem Handy. Tilda klickte auf Marios SMS und las vor:

»Treffen bei uns in der Küche. Besorge Pizza. Bis später.«

Die Fünf stöhnten.

»Wie gemein! Warum sagt er nicht, was los ist?«, schnaubte Linus. »Warten ist echt nicht mein Ding.«

Dass Marie ausgerechnet heute zu spät kam, machte die Sache doppelt doof.

Sie stiegen ein, und Marie fuhr los.

»Tem-po! Tem-po!«, riefen die Fünf im Chor und hüpften dazu im Takt auf ihren Sitzen auf und ab.

Der Bus wackelte mit. Und quietschte wie verrückt. Marie kriegte Angst.

»Nun ist's aber gut! Wenn ihr nicht augenblicklich aufhört, halte ich an und ihr dürft nach Hause laufen.«

Die Kinder verstummten. Auf Streit mit Marie konnten sie verzichten. Sie hatten so schon genügend Feinde.

Ohne Wackeln und Quietschen hielt der Marienkäfer an der Goldenen Linde, und wenige Minuten später saßen sie bei Tilda zu Hause am gedeckten Esstisch.

Mario hatte eine Familienpizza besorgt, die so groß war wie ein Wagenrad. Drumherum standen drei Schalen Salat. Wegen der Vitamine.

»Ihr werdet nicht glauben, was passiert ist.« Mario biss genüsslich in ein Stück Pizza.

»Was? Sag schon!« Tilda war genervt. Wie konnte er sie nur so auf die Folter spannen!

Mario zeigte auf seine vollen Backentaschen und gab ihnen damit zu verstehen, dass er erst kauen und runterschlucken musste, bevor er weitersprechen konnte.

Alle glotzten ihn an.

»Mmmh.« Er griff nach der Serviette und tupfte sich die Brösel aus den Mundwinkeln. »Ihr werdet es nicht glauben. Ihr habt Bauer Krummbier gesehen. Er war es, der in die Scheune ging. Mit zwei Kübeln voller ....?« Er sah in die Runde. »Na, was denkt ihr, was drin war in den Kübeln?«

In Erwins Kopf machte es Klick. »Schweinefutter!«, rief er und ließ vor Schreck über diesen Gedanken sein Stück Pizza fallen.

»Richtig.« Mario nickte. »Er hat tatsächlich seine Schweine und Ferkel selbst entführt und in der Scheune versteckt gehalten.«

Mario hatte nämlich herausgefunden, dass alles ein abgekartetes Spiel war, das sich Krummbier, Eierhals und Erbswurst ausgedacht hatten. Der Bauer hatte erst die Tiere weggebracht, dann einen Diebstahl der Tiere bei der Polizei gemeldet. Einen Verdacht hatte er auch gleich geäußert. Wanda Wunderlich sei es gewesen, hatte er dem Dorfpolizisten erklärt. Es könne gar nicht anders sein. Er hatte ihn dazu gedrängt, diesem Verdacht nachzugehen und Wanda zu verhören. Ein Verhör war zwar nicht daraus geworden und schon gar keine Verhaftung, wie Krummbier gefordert hatte. Trotzdem hatte es gereicht, um Wanda bei den Leuten wieder einmal schlecht dastehen zu lassen.

Die Kinder waren entsetzt. Und wütend.

»Kann man denn da gar nix machen?« Siri war ganz blass geworden.

»Doch«, antwortete Mario. Wanda könnte zum Beispiel Anzeige erstatten. Aber das will sie nicht. Ich habe mit ihr gesprochen.«

»Wir müssen Wanda helfen!« Tilda haute so fest mit der Faust auf den Tisch, dass die Wassergläser wackelten.

Doch in diesem Moment ahnte keiner, dass es noch schlimmer kommen würde.

15. Kapitel

»Uns Kindern erzählen sie dauernd, was wir tun dürfen und was nicht.« Fine schlug fröstelnd ihren Jackenkragen hoch. »Und wer sagt das den Erwachsenen? Wer passt eigentlich auf die auf? Wer sagt denen, was sie tun dürfen und was nicht?«

»Anscheinend keiner.« Erwin kickte ein Kieselsteinchen über die Straße und schaute griesgrämig rüber zur Goldenen Linde.

Seit Mario gestern Abend die Sache mit den Schweinen erzählt hatte, war Fritz Eierhals in seiner Achtung noch tiefer gesunken. Auf die Stufe »unterirdisch«. Tiefer ging es kaum.

Noch lange hatten sie gestern diskutiert. Sie waren sich einig gewesen, dass sie etwas unternehmen mussten. Aber was genau, das wussten sie nicht.

Der Marienkäfer fuhr vor. Lust auf Schule hatte an diesem grauen wolkenverhangenen Morgen keiner.

»Was soll's«, seufzte Tilda. »Bringen wir es hinter uns.«

Sie stiegen ein, und der Marienkäfer zuckelte los.

Kaum hatte Marie einen Gang runtergeschaltet, um den Hang hochzukommen, sahen sie die Veränderung. Wandas Hausfassade war nicht mehr weiß. Sie war über und über mit Farbe bekleckst. Große Flecken in schmutzigen Farben prangten auf Wänden und Fenstern. Je näher sie kamen, umso deutlicher wurde die Schweinerei. Hier war kein Maler am Werk gewesen. Hier hatte jemand absichtlich das Haus verschandeln und beschädigen wollen.

»Halt an, Marie!«, rief Tilda.

»Das geht nicht! Sonst kommt ihr zu spät zur Schule.«

»Biiiiitte!«

Marie war anzusehen, wie sehr sie mit sich kämpfte. Sollte sie anhalten oder nicht?

Auf Höhe des Hauses bremste sie scharf und fuhr rechts ran. Die Kinder sprangen aus dem Bus.

»Aber nur fünf Minuten!«, rief Marie ihnen hinterher.

»Es dauert so lange, wie es dauert!«, entgegnete Erwin, schaute links, schaute rechts und rannte mit den anderen über die Straße zum Haus.

Die Tür war nur angelehnt, sie gingen hinein.

Wanda saß in ihrem großen Zimmer im Sessel. Sie hatte den Kopf in den Händen vergraben und schluchzte leise.

Aprikose flatterte aufgeregt durch den Raum. Vom Bücherregal auf den Bilderrahmen. Vom Bilderrahmen auf den Tisch. Vom Tisch auf die Yuccapalme und wieder zurück. Herr Abendrot hatte seinen Kopf auf Wandas Knie gelegt, Frau von Morgenstern katzbuckelte am Fenster.

»Wanda? Wir sind's«, sagte Tilda leise, fast flüsternd.

Wanda sah nicht hoch. Siri ging zu ihr und legte ihr tröstend eine Hand auf die Schulter.

Plötzlich stand Marie im Zimmer. »Was für eine Gemeinheit! Alle vier Seiten des Hauses sind eingesaut!« Sie schnaubte laut vor lauter Wut. »Auf der Seite zum Garten hat jemand ›alte Hexe‹ aufgesprüht!«

Tilda tat, was sie tun musste. Sie rief Mario an. Er würde gleich da sein, versprach er. Und den Polizisten würde er auch mitbringen.

Siri griff nach Wandas Hand und drückte sie fest.

»Wie geht es dir?«

Wanda schaute sie wortlos an, und Siri konnte die Tränen in ihren Augen sehen. Sie musste schlucken, um nicht mitzuweinen.

»Kraftlos«, antwortete Wanda mit schwacher Stimme.

Linus setzte sich auf die Lehne des Sessels. »In einer Skala von eins bis zehn: Wie kraftlos bist du? Eins ist total kraftlos, zehn ist nur ein bisschen.«

Seine Schwester stöhnte. Musste Linus immer alles in Zahlen ausdrücken? Sogar Gefühle?

Ein Lächeln huschte über Wandas Gesicht.

»Zwei.«

Linus formte ein erstauntes O mit seinen Lippen.

»Und zwei bei traurig«, fügte Wanda hinzu, die Linus' Gewohnheit zu akzeptieren schien.

»Wie sieht es auf der Skala mit wütend aus?«, bohrte er weiter.

»Eins ist wenig und zehn ist viel?«, fragte sie.

Linus nickte ein hunderprozentiges Ja. Sie stand auf und streckte ihren Rücken.

»Neun«, sagte sie. Laut und deutlich. »Danke, Linus. Du hast recht. Ich sollte das nicht auf mir sitzen lassen.«

Die anderen Kinder verstanden nicht. War das jetzt Geheimsprache?

Marie versuchte es mit einer Erklärung. »Wut ist nicht immer schlecht. Manchmal ist Wut wie ein Tritt in den Hintern, damit man sich bewegt und wehrt.«

»Und wie viel PS hat dieser Motor?«, fragte Linus. »So in Zahlen ausgedrückt?«

Marie konnte sich um die Antwort drücken. Zwei Autos fuhren in die Einfahrt.

Siri und Fine öffneten Mario und dem Polizisten die Tür.

Der Uniformierte gab Wanda die Hand. »Es tut mir leid, was Ihnen passiert ist.«

Während er den Schaden aufnahm und Wandas Aussage in ein Protokoll schrieb, fotografierte Mario das Haus von allen Seiten.

Marie rief währenddessen die Schule an, um die Verspätung der Kinder anzukündigen. Die Polizei brauchte sie als Zeugen, sagte sie zur Schulsekretärin.

Doch die Kinder konnten nur aussagen, dass gestern Nachmittag das Haus noch nicht verkleckst war.

»Macht nichts«, sagte der Polizist und machte sich Notizen. »Das grenzt schon mal den Tatzeitraum ein.«

Linus war mächtig stolz darauf, als Zeuge befragt zu werden. Er saß neben dem Polizisten auf dem Sofa und malte sich schon ein Leben als gefeierter Held aus. Er würde Orden bekommen für seinen Kampf um die Gerechtigkeit. Vielleicht würde man ihm sogar ein Denkmal setzen.

Marie holte ihn in die Wirklichkeit zurück.

»Trink deinen Tee aus, dann fahren wir.«

Was? War es schon vorbei? Linus war enttäuscht.

»Nichts ist vorbei, Kumpel«, sagte Erwin. »Es geht gerade erst los.«

16. Kapitel

Wie recht Erwin haben sollte, zeigte sich schon am nächsten Tag, nachdem die Tageszeitung ausgeliefert wurde und jeder den Artikel lesen konnte, den Mario geschrieben hatte. Auch wenn die Fotos von Wandas Haus nur in Schwarzweiß abgedruckt waren, zeigten sie doch deutlich das Ausmaß der Schweinerei.

Marios Bericht endete mit dem Satz: »Sieht so ein friedliches Miteinander aus?«

Der Bericht schlug ein wie eine Bombe.

»So eine Sauerei«, sagten die einen.

»Das geht zu weit«, sagten die anderen.

Nur ein paar wenige Leute hielten sich zurück und sagten gar nichts. Man braucht nicht viel Phantasie, um sich vorzustellen, wer das genau war.

Aber Mario hatte noch mehr unternommen. Er hatte einen Spendenaufruf im Internet gestartet. Menschen, denen es leid tat, was Wanda passiert war, konnten Geld auf ein Bankkonto überweisen oder ihre Hilfe anbieten.

Schon wenige Tage nach dem Aufruf hatte eine Firma aus der Kreisstadt zugesagt, kostenlos ein Gerüst zur Verfügung zu stellen. Und die Auszubildenden eines Malerbetriebs hatten angeboten, an einem Wochenende zu kommen und beim Streichen zu helfen.

Wanda war baff.

»Aber die kennen mich doch gar nicht«, sagte sie und sah die Kinder fragend an.

»Man muss niemand persönlich kennen, um zu helfen, wenn ihm etwas Gemeines passiert ist«, sagte Tilda.

Wanda seufzte. Mit so viel Unterstützung hatte sie nicht gerechnet.

Ehrlich gesagt hatte keiner damit gerechnet. Aber froh waren sie alle über die Hilfsbereitschaft der Leute. Nur Linus war ein bisschen eingeschnappt. Lieber wäre ihm gewesen, er wäre selbst auf die Idee mit der Internetsammelaktion gekommen. Damit wäre er seinem Ziel, einen Orden und ein Denkmal zu kriegen, einen großen Schritt näher gekommen.

»Für so was muss man volljährig sein«, sagte Erwin.

Volljährig? Linus rechnete aus, wann das sein würde. Nein, so lange wollte er nicht warten. Er wollte jetzt schon was tun. Sie könnten ja, schlug er vor, trotzdem Geld sammeln. Ohne das Internet. Ganz in echt Leute ansprechen, von Haus zu Haus gehen und so. Schließlich bräuchten sie auch noch Farben, Pinsel, Pausenbrote und Getränke für die Helfer.

»Du würdest wohl nie jemanden verhungern oder verdursten lassen«, grinste Tilda und klopfte Linus auf die Schulter.

Sein Vorschlag wurde einstimmig angenommen.

Als Erstes brauchten sie eine Spendenbox. Erwin

fischte ein großes leeres Glas aus der Altglaskiste und knibbelte das Etikett ab.

»Und wie kriegen wir einen Einwurfschlitz in den Deckel?«, fragte Erwin.

»Frag doch Papa oder Mama«, sagte Fine.

»Die werden uns was husten.« Erwins Lachen klang bitter. »Die sind doch auf der Seite von Eierhals und seinen Kumpanen.«

Sie fragten trotzdem.

»Klar, gib her«, sagte Papa und verschwand in den Keller, wo das Werkzeug lag.

Fine und Erwin sahen sich an. Was ging hier vor sich? Warum waren ihre Eltern plötzlich anderer Meinung?

»Wir kriegen den Auftrag nicht«, zischte ihre Mutter. »Wir haben herausgefunden, dass die Hotelkette sich immer von einer Großbäckerei beliefern lässt. Die haben nicht im Traum daran gedacht, bei uns Backwaren zu kaufen. Das wollte uns Fritz Eierhals nur einreden.«

»Dann war das eine Lüge?«, fragte Fine.

Mama nickte.

Papa kam zurück und stellte das Spendenglas

auf den Tisch. Die scharfen Kanten des Einwurfschlitzs hatte er mit einem Klebeband gesichert. Es sollte sich schließlich niemand beim Spenden verletzen.

»Jetzt wollen wir doch mal sehen, ob's funktioniert.«

Er fischte einen Geldschein aus seiner Hosentasche und warf ihn in die Box.

»Was? Zwanzig Euro?« Fine blieb der Mund offen stehen.

»Es soll ordentlich was zusammenkommen«, sagte ihr Vater. »Ist doch für einen guten Zweck.«

»Wir sind stolz auf dich, Papa«, sagte Fine und gab ihm einen Kuss auf die Wange.

Wie gut es war, dass im durchsichtigen Gurkenglas schon ein großer Geldschein lag, stellte sich bald heraus.

Jetzt traute sich nämlich keiner mehr, einzelne Centstücke einzuwerfen. Keiner wollte vor den Kindern als Geizkragen dastehen. Viele gaben einen Fünfeuroschein oder ein paar Ein- oder Zweieuromünzen.

»Gehen wir jetzt in die Goldene Linde?«, fragte Tilda, als sie an allen Türen in Oberunterlinksrechtshausen geklingelt hatten. Frau Bobbes-Bimsstein hatten sie nicht angetroffen, Herr Erbstwurst wohnte im Nachbarort und der Hof von Bauer Krummbier lag zu weit außerhalb.

»Du hast einen Knall, Tilda.« Siri zeigte auf die Stelle ihres Kopfes, wo sie den Knall vermutete. Genau in der Mitte ihrer Stirn.

»Quatsch«, entgegnete Tilda. »Ich will nur das Gesicht von Fritz Eierhals sehen, wenn wir ihn um eine Spende für Wanda bitten.«

Wo hatte Tilda nur den Mut her?, fragte sich Siri. Allein würde sie sich nie in die Goldene Linde wagen. Aber allein draußen vor der Tür warten, das wollte sie auch nicht. Sie ging mit den anderen hinein.

In der Gaststube roch es nach einer Mischung aus abgestandenem Bier und altem Frittierfett. Am Stammtisch saßen ein paar Männer bei ihrem Feierabendbier. Ein anderer Tisch war von einer Familie besetzt. Zu viert studierten sie eine Straßenkarte. Sicher waren sie auf Urlaubsreise und planten ihre Route. Henny brachte ihnen vier Gläser Limonade und Fischfilets mit Pommes frites. Oma Krummbier saß an einem kleinen Fenstertisch vor einer Tasse Kaffee und einem Gläschen Eierlikör. Sie brabbelte leise vor sich hin.

Fritz Eierhals stand hinter dem Tresen und schenkte Limonade ein. Tilda steuerte auf ihn zu. Sie schüttelte das Spendengurkenglas, dass die Münzen nur so klirrten.

»Wir sammeln für die Renovierung von Wandas Hausfassade, Herr Eierhals«, sagte sie laut und schenkte ihm ein breites Grinsen. »Sie geben doch bestimmt auch was, oder?«

Herr Eierhals kriegte sofort Schnappatmung, sein Gesicht verfärbte sich rot, seine Halsadern schwollen an. Er versuchte etwas zu sagen, verschluckte sich aber an seinen eigenen Worten. Vor Zorn schlug er mit der flachen Hand auf das Abtropfgitter für Gläser. Ein Bierglas fiel um und zerbrach.

»Scherben bringen Glück!!«, rief Tilda.

»Raus hier!«, brüllte Eierhals und zeigte zur Tür.

Im Gastraum war es still geworden. Alle schauten gebannt den Wirt an. Dann wurde ein Stuhl geräuschvoll zur Seite gerückt. Die Kinder drehten sich um. Oma Krummbier war aufgestanden.

»Lass die Kinder in Ruhe!«, krächzte sie. »Sonst beißt dir der Axel in den Hintern!« Sie drohte wieder mit dem vergilbten Foto ihres Schäferhunds. Fritz Eierhals stöhnte genervt und räumte die Glasscherben weg. Oma Krummbier warf ihm einen scharfen Blick zu und ließ sich zurück auf ihren Stuhl plumpsen. »Kommt her, Kinder. Ich geb euch was.« Sie kramte in der Tasche ihrer geblümten Kittelschürze. Es klimperte und raschelte. Tilda hielt ihr das Spendenglas hin.

»Hier«, sagte Oma und warf ein paar Münzen, zwei Hosenknöpfe und einen komisch aussehenden Schein durch den Schlitz. »Aber verjubelt es nicht«, mahnte sie mit erhobenem Zeigefinger.

Henny Eierhals pfefferte das leere Tablett auf den Tresen. »Ihr haut jetzt besser ab«, zischelte sie. »Sonst erzähle ich alles euren Eltern!«

Erwin baute sich vor Frau Eierhals auf und kam ihr dabei so nah, dass sie unwillkürlich einen Schritt zurückwich.

»Wir haben keine Angst vor Ihnen«, sagte er mit ruhiger Stimme. »Und, falls es Sie interessiert: Unsere Eltern wissen bereits Bescheid.« Triumphierend versenkte er die Hände in den Hosentaschen. Das sah ziemlich cool aus. Fast so, als hätte er sich das irgendwo abgekuckt.

Linus preschte vor und stellte sich neben Erwin. Wie sein Freund steckte auch Linus die Hände in die Taschen und machte eine breite Brust.

»Wir wissen auch alles über Sie. Was Sie so hintenrum treiben und so.«

Henny Eierhals japste unübersetzbares Zeug, und Fritz Eierhals stürmte hinter dem Tresen hervor. Doch bevor er Linus an den Schultern packen konnte, rannte der zum Ausgang. Den Türgriff schon in der Hand, rief er: »Fang mich doch, du Eierloch!«

Erwin und die anderen eilten zu Linus und drängten dabei Fritz Eierhals zur Seite.

»Ihr ungezogenes Pack! Lasst euch hier nie wieder blicken!«, schnaubte er, während die Kinder nach draußen rannten.

»Du Rührei, du Rührei!«, rief Linus Herrn Eierhals zu, als er an der Bank des Dorfplatzes angekommen war.

»Du Rührei! Du Rührei!«, wiederholte Oma Krummbier im selben Rhythmus wie Linus, aber mit lautem kehligen Giggeln. »Rührei. Ohne Salz und Pfeffer!«

Die Kinder konnten sich vor Lachen über die freche alte Oma kaum halten.

»Wollen wir jetzt das Geld zählen?« Siri wischte sich eine Lachträne von der Wange.

»Ich!«, rief Linus, übereifrig wie immer, wenn es um Zahlen und Zählen ging. Er griff sich das Spendenglas. Unter den Augen der anderen vier schraubte er feierlich den Deckel ab und schüttete den Inhalt auf seinen Schoß.

»Zwanzig, dreißig, fünfunddreißig ...« Er hielt inne. Mit spitzen Fingern zog er den Schein, den Oma Krummbier ihnen geschenkt hatte, aus dem Haufen der anderen Scheine. Er hielt ihn gegen das Licht.

»Was ist das denn für eine Währung?«, fragte er.

Fine besah sich den Schein genauer. »Fünf Deutsche Mark, steht hier.«

»Der ist aus dem letzten Jahrhundert«, kommentierte Tilda mit Kennermiene.

»Sogar aus dem letzten Jahrtausend!«, korrigierte Erwin.

Jetzt war Linus echt platt. »Was?! Tausend Jahre? So alt ist die Oma Krummbier schon?«

Nein, natürlich war sie nicht tausend Jahre. Siri hielt ihrem Bruder einen Vortrag darüber, wie man Jahrhunderte und Jahrtausende zählte, wann der Euro die Deutsche Mark abgelöst hatte und dass die Oma neunzehnhundertirgendwann geboren worden war und somit noch nicht mal hundert Jahre alt wäre. Vielleicht nur achtzig oder neunzig oder so.

Damit gab sich Linus zufrieden und zählte weiter Spendengeld.

Einhundertsechsundzwanzig Euro waren es alles in allem.

»Das sind ja mehr als sechzig Käse- und Wurstbrötchen!«, strahlte Linus.

Den Auftrag für die belegten Brötchen, da waren sich die Fünf einig, den würden die Eltern von Fine und Erwin bekommen. Das war Ehrensache.

17. Kapitel

Damit ihnen die Zeit bis zum Wochenende nicht zu lang wurde, verbrachten die nahezu unerschrockenen Fünf viel Zeit mit Wanda. Sowohl die Eltern von Fine und Erwin als auch die Eltern von Siri und Linus hatten erlaubt, dass sie sie zu Hause besuchten. Sie durften durch die Bücher stöbern, die sie in deckenhohen Regalen ordentlich nach Themen sortiert hatte.

Linus vergnügte sich bei den Kochbüchern, Siri mochte die uralten Märchenbücher, deren Seiten beim Umblättern altmodisch knisterten. Erwin fand bei den Tierbüchern alles, was er schon immer wissen wollte. Fine las sich bei den Kinderbüchern fest, und Tilda stöberte hier und da, bis sie ihr Glück bei den Büchern fand, die Lebensgeschichten berühmter Leute erzählten.

»Ich liebe Biographien!«, rief sie, nachdem sie die letzte Seite eines Buches über eine Widerstandskämpferin gelesen und den Buchdeckel zugeklappt hatte.

Linus hatte aus verschiedenen Kochbüchern Rezepte herausgesucht, die er unbedingt ausprobieren wollte. Auf diese Weise kamen sie im Lauf der nächsten Tage in den Genuss von Gesundheitskuchen, Zimtschnecken, Schokobrötchen, Karamellbonbons, Limettenlimonade, Mandelmilch und anderen Leckereien.

Wanda zeigte ihnen Fotos, die sie in den verschiedenen Ländern, in denen sie gelebt hatte, gemacht hatte, und brachte die Fünf damit immer wieder zum Staunen. Sie erfuhren, dass sie nicht nur als Lehrerin gearbeitet hatte, sondern auch als Tierpflegerin, als Hausdame bei einem alten adligen Ehepaar, als Baggerfahrerin und als Übersetzerin von Kinderbüchern.

»Warum schreibst du nicht deine Lebensgeschichte auf?« Tilda biss in ein Stück Kuchen. »Du hast genauso viel zu erzählen wie die da.« Sie zeigte auf das Regal mit den Biographien.

»Ach nein.« Wanda winkte ab. »Es reicht mir, wenn ich meine Geschichten mit euch teile.« Sie lächelte versonnen. »Ihr wisst ja gar nicht, wie schön es für mich ist, dass ihr …«

Sie brach ab und lauschte. Jetzt hörten auch die anderen das Motorengeräusch. Sie liefen hinaus. Ein Transporter mit Anhänger fuhr rückwärts in die Einfahrt. Das Gefährt war so lang, dass die Schnauze der Zugmaschine noch ein Stück auf die Straße hinausragte.

Der Fahrer stieg aus und stellte sich als Chef der Gerüstbaufirma vor. Mit gerunzelter Stirn besah er sich die Schweinerei an der Hausfassade.

»Sieht ja noch schlimmer aus als auf den Fotos.«

Er drehte sich um und rief in Richtung Transporter: »Jungs! Herkommen! Es gibt Arbeit!«

Vier Männer stiegen aus und begannen, die Metallstangen und Holzbretter abzuladen.

Linus drängte sich vor.

»Wenn Sie fertig sind, kriegen Sie Kuchen von uns«, versprach er. »Und Kaffee.«

»Dann wollen wir uns mal beeilen«, lachte der Chef und packte mit an.

Linus war schwer beeindruckt, wie schnell das Haus rundum eingerüstet war. Wäre Wanda nicht irgendwann mit zwei Thermoskannen Kaffee gekommen, hätte er glatt vergessen, den Kuchen zu holen. Dabei war er so stolz, dass er ihn dieses Mal ganz allein gebacken hatte.

So schnell wie die Männer das Gerüst aufgebaut hatten, so schnell verdrückten sie auch den Kuchen. Ein Stück nach dem anderen, bis die Platte leer war.

»So! Das wär's dann«, sagte der Chef und wischte sich die Kuchenkrümel von der Backe. »Sie rufen uns an, wenn die Maler fertig sind. Dann holen wir alles wieder ab.«

Wanda bedankte sich überschwänglich beim Chef und seinen Arbeitern für die Hilfe.

»Da nicht für«, sagte der Chef. »Hoffen wir nur, dass die Polizei die Leute findet, die das hier« – er deutete auf die eingesaute Fassade –, »die das hier verbrochen haben.«

Am Ende gaben alle allen die Hand, was eine Weile dauerte, weil jeder jedem noch etwas Nettes sagen wollte.

Die Männer winkten zum Abschied und fuhren los.

»Sollten wir nicht langsam mal die Farben und Pinsel besorgen?«, fragte Tilda.

Wie recht sie hatte. Daran hatten sie überhaupt nicht mehr gedacht. Morgen war Samstag. Da würden die Auszubildenden des Malerbetriebs kommen. Und sie hatten noch nichts organisiert.

Tilda rief Mario an. Der sagte, er habe schon weit über dreihundert Euro über das Internet gesammelt, mit den hundertsechsundzwanzig Euro aus dem Gurkenglas hätten sie ungefähr vierhundertfünfzig Euro zur Verfügung. Ein Ergebnis, mit dem keiner gerechnet hätte. Wanda musste sich hinsetzen, weil sie so überwältigt war.

»Mario redet mit der Chefin vom Malerbetrieb und bespricht das mit den Farben«, fasste Tilda das Ergebnis ihres Telefonats zusammen.

Als hätte Herr Abendrot alles verstanden, legte er sich zufrieden auf den Teppich neben Erwin. Aprikose flog zurück in Wandas Haarnest und Frau von Morgenstern rollte sich auf Fines Schoß zusammen und schnurrte.

Wenig später meldete sich Mario zurück. Der Malerbetrieb würde Farben kaufen, Pinsel und anderes Handwerkszeug würden sie ausleihen. Die Auszubildenden würden alles mitbringen.

»Perfekt!«, rief Tilda.

Am nächsten Morgen, pünktlich um sieben Uhr standen die nahezu unerschrockenen Fünf vor Wandas Haus. Sie hatten sich extra alte Klamotten angezogen und Papierhüte aus Zeitungspapier auf den Kopf gesetzt.

Herr Abendrot war der Erste, der sie begrüßte. Er freute sich immer, wenn die Kinder kamen. Nur Linus blieb vorsichtig. Er konnte Wandas riesigen Hund gut leiden, aber war auch froh, dass er nicht die Angewohnheit hatte, vor Freude an ihm hochzuspringen. Die Hühner fand Linus irgendwie besser. Weil sie kleiner waren und weil sie Eier legten, die man zum Kochen und Backen verwenden konnte. Die kleine Henne Martha hatte er besonders ins Herz geschlossen. Sie ließ sich sogar von ihm auf den Arm nehmen und streicheln.

Die anderen waren schon im Haus, als sich ein alter klappriger Pick-up mit rhythmischem Hupen ankündigte.

»Die Maler sind da!«, rief Linus durch die offene Haustür und trug Martha hinters Haus zu den anderen Hühnern. Er hatte Sorge, dass die laute Technomusik, die durch die offenen Fenster drang, die kleine Henne erschrecken könnte.

Vier Leute stiegen aus und brachten neben Farbeimern und Handwerkszeug jede Menge gute Laune mit.

Sie stellten sich der Reihe nach vor. Christian, Alexander, Jussuf und Hannah. Die vier waren so um die zwanzig Jahre alt. Sie waren noch in der Ausbildung, versicherten aber, schon oft Häuserfassaden gestrichen zu haben.

»Keine Sorge. Ich vertraue euch.« Wanda lächelte. »Danke, dass ihr gekommen seid.«

Christian zeigte Wanda die Farben, die sie mitgebracht hatten. »Von Weiß bis Regenbogen ist alles dabei«, sagte er. »Wie hätten Sie's denn gern?«

»Von Weiß bis Regenbogen«, schmunzelte Wanda.

Ehe die Kinder fragen konnten, was Wanda damit meinte, kam der Marienkäfer angetuckert. Marie hielt auf der gegenüberliegenden Straßenseite.

»Überraschung!«, flötete sie und winkte ihnen zu. Sie öffnete die Seitentür.

»Boah.« Tilda fiel die Kinnlade runter. »Das ist stark!«

Der Bus spuckte jede Menge Leute aus.

»Ich dachte, ihr könnt Hilfe gebrauchen!«, rief Marie und überquerte die Straße. Es folgten ihr: Mario, die Eltern von Fine und Erwin sowie die Mutter von Siri und Linus und – das war die größte Überraschung – der Polizist. Er trug allerdings keine Uniform, sondern einen weißen Malerschutzanzug. Genau wie die anderen auch.

»Ich bin nicht im Dienst«, sagte er zu Wanda. »Ich bin privat hier.«

Mario hatte seinen Fotoapparat und ein Stativ

mitgebracht und bat alle, sich zum Gruppenfoto aufzustellen. Damit er selbst mit aufs Bild konnte, bediente er den Selbstauslöser.

»Wenn's blinkt, rufen alle ...«, sagte Mario.

»Rühreiiii!«, fiel ihm Linus ins Wort.

Alle mussten lachten und verkicherten das erste Foto. Es sah lustig aus, war aber komplett verwackelt. Beim zweiten und dritten Mal zeigte dann jeder sein schönstes »Iiii«-Lächeln. Diese Fotos wollte Mario später für seine Reportage verwenden.

»Wir sollten einen Arbeitsplan machen«, schlug Alexander vor. »Und endlich loslegen.«

»Aber ohne Wanda.« Tilda zwinkerte ihren Freunden zu. »Es soll doch eine Überraschung werden, oder?«

»Noch eine Überraschung?«, schmunzelte Wanda. »Ob ich das verkrafte?«

Sie drehte sich um, ging ins Haus und überließ dem Malertrupp den Garten für ihre geheime Besprechung. Vom Wohnzimmerfenster aus konnte sie die buntgemischte Runde aus Kindern und Erwachsenen beobachten. Sie sah, wie sie redeten, lachten, diskutierten und gestikulierten. Bis sie irgendwann aufstanden. Offensichtlich hatten sie sich auf einen Plan geeinigt.

Wanda nahm sich ein Buch und machte es sich im Sessel bequem. Aprikose flog aus ihrem Haarnest, drehte ein paar Runden und landete zwitschernd auf dem Rücken von Herrn Abendrot.

»Weiß jetzt jeder, was er zu tun hat?« Hannah schaute in die Runde und alle nickten.

Yussuf gab Farbroller, Pinsel und Mundschutz aus, Alexander verteilte die Farbeimer.

»Darf ich mit euch da hochklettern?« Linus zeigte zum Gerüst.

»Besser nicht. Das ist zu gefährlich.« Yussuf zuckte bedauernd mit den Schultern. »Und außerdem: Vielleicht bist du nicht schwindelfrei.«

Linus machte empört dicke Backen. »Ich? Ich schwindele nie!«

Yussuf klärte ihn auf, dass schwindeln und schwindelig verschiedene Sachen sind.

Zähneknirschend willigte Linus ein, in Bodenhöhe zu streichen. »Immer auf die Kleinen«, knurrte er und tauchte den Pinsel in den Farbeimer. Grün sollte er streichen. Grasgrün.

Der Polizist hatte Mitleid mit Linus und gesellte sich zu ihm.

»Warum machen Sie eigentlich hier mit, Herr Polizist?«, fragte Linus.

Der Polizist hieß Bernd, und Linus durfte ab jetzt du zu ihm sagen. »Ich sagte ja bereits, dass ich privat hier bin«, sagte Bernd. »Und rein privat bin ich der Meinung, dass man dieser netten alten Dame helfen sollte.«

»Dann bist du aber auch nett.« Linus klopfte Bernd anerkennend auf die Schulter.

Eine Weile pinselten die beiden wortlos ihr Grasgrün auf die Wand. Hannah hatte zuvor Linien auf die Wand gemalt. Unterhalb der Linien sollten sie Grün malen, oberhalb kümmerten sich Erwin und sie um den Anstrich.

Während Bernd die Farbe auftrug, dachte er über Wanda nach. Er erinnerte sich an ihre erste Begegnung. Er hatte sie wegen der verschwundenen Schweine und Ferkel befragen müssen. Damals war sie allerdings gar nicht nett gewesen. Ein bisschen erschrocken war er damals sogar, weil sie ihn so angepflaumt hatte.

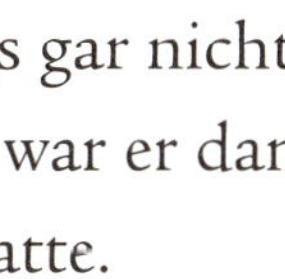

»Wie ging es eigentlich mit den Schweinen und Ferkeln weiter?«, fragte Linus plötzlich, als könnte er Bernds Gedanken lesen.

»Darum kümmert sich jetzt das Gericht«, antwortete Bernd trocken.

»Echt? Das Gericht?« Linus ließ erschrocken den Pinsel auf den Eimerdeckel fallen. Zwei Farbtröpfchen spritzten hoch. Eins auf Bernds Wange, eins auf seine Hand.

»Kommt Bauer Krummbier in den Knast?«

Das wusste Bernd nicht. Aber das, was Krummbier getan habe, sei nicht rechtens. Und einen anderen einer Straftat zu beschuldigen, obwohl man sie selbst begangen habe, wäre Irreführung der Behörden.

»Irreführung der Behörden«, wiederholte Linus langsam.

Diesen Ausdruck wollte er sich merken. Der klang so wichtig. Und so erwachsen.

Alexander rief zur Pause. Sie verdrückten die Käse- und Wurstbrötchen, die Fine und Erwins Eltern mitgebracht hatten, und tranken Himbeerlimonade, Wasser oder Pfefferminztee.

Bald würden sie es geschafft haben, prophezeite Yussuf, trank einen letzten Schluck und ging zurück aufs Gerüst.

Es waren genau fünfundachtzig Minuten. Linus hatte auf seine Uhr geschaut. Sie waren fertig! Sie konnten endlich das Geheimnis lüften.

Tilda und Fine gingen ins Haus, verbanden Wanda die Augen und führten sie nach draußen.

Es wurde still. Alle starrten gebannt auf Wanda. Was würde sie sagen? Würde ihr der neue Fassadenanstrich gefallen? Fine nahm ihr die Augenbinde ab.

Erst rief sie »Oh!«, dann »Ah!«, dann »Das ist ja cool!«

»Cool?«, fragte Linus, verwundert, dass Wanda dieses Wort kannte.

»Hab ich von euch gelernt«, schmunzelte Wanda. »Von Kindern kann man immer was lernen.«

»Und? Nun sag schon! Gefällt es dir?« Erwin war selten ungeduldig, aber jetzt konnte er es kaum aushalten.

»Es ist einfach wundervoll!«, rief Wanda, breitete die Arme aus, als wollte sie das ganze Haus umarmen. Stattdessen drehte sie sich um und umarmte Erwin.

»Diese Seite haben wir gestrichen«, sagte er und meinte Hannah, Linus, Bernd und sich selbst.

»Das ist die schönste Blumenwiese, die ich je gesehen habe. Danke!« Wanda umarmte auch die drei Mitmaler.

Auf der nächsten Wand verwandelte sich die Blumenwiese in ein richtiges Hühnerparadies. Ein paar Hühner hockten auf einem Baum, eine Henne führte ihre Kükenschar spazieren, andere pickten Körner und Käfer auf oder nahmen ein ausgiebiges Sandbad. Eine lachende Sonne unter dem Dachgiebel wachte über die glückliche Federviehgroßfamilie.

Die Wand, die zum Garten zeigte, zierte ein Waldsee, an dessen Ufer kleine bunte Holzhütten standen. Ein Steg führte ins Wasser. Man sah ein Kind hineinspringen und zwei andere darin herumplanschen. Ein Entenpärchen machte die Idylle perfekt.

Gespannt lugte Wanda um die Ecke zur vierten und letzten Wand. Dort sah sie einen dichten dunkelgrünen Tannenwald, in dessen Mitte ein Lebkuchenhaus stand. Es sah aus wie das Haus, in dem die alte Hexe aus dem Märchen wohnte. Und eine Hexe saß auch auf der Bank vor dem Haus. Neben ihr saßen aber nicht Hänsel und Gretel, sondern Tilda, Linus, Siri, Fine und Erwin. Und alle aßen Lebkuchen, den sie vom Hausdach abgebrochen hatten.

»Das bin ja ich!«, lachte Wanda und klopfte Yussuf, der neben ihr stand, vor Freude so heftig auf die Schulter, dass er zusammenzuckte. Wanda konnte überhaupt nicht mehr aufhören zu lachen und steckte alle damit an.

»Morgen hab ich bestimmt Muskelkater«, kicherte Marie und presste die Hände auf ihren Bauch.

»Ihr seid einsame Spitze«, japste Wanda, noch immer ganz atemlos. »Das ist einfach pha-pha-phantastisch!«

Irgendwann hatten sich dann doch alle beruhigt, und Wanda hielt eine offizielle Dankesrede mit Tränen der Rührung in den Augen.

Danach ging der Trubel erst richtig los. Die Azu-

bis fotografierten die Wände, weil sie eine Projektarbeit für die Berufsschule schreiben wollten. Jede Menge Presseleute kamen, um Interviews für ihre Zeitungen zu machen. Ein Team von einem Fernsehsender rauschte rein, drehte eine Dokumentation und hielt Wanda das Mikrophon vor die Nase. Für die Kinder sprach Tilda, für die Auszubildenden sprach Yussuf. Die Hangstraße stand voller Autos, überall wimmelte es von Menschen.

Frau von Morgenstern hatte sich zu den Hühnern in den Bauwagen verzogen. Sie mochte es gar nicht, wenn fremde Leute in ihrem Territorium herumliefen. Herrn Abendrot dagegen gefiel es, dass so viel los war, und ließ sich gern von allen streicheln, die keine Angst vor ihm hatten.

»Ihr kommt heute Abend in den Nachrichten!«, winkte ihnen die Chefin des Fernsehteams zu, bevor sie zum Wagen ging.

18. Kapitel

Was? Im Fernsehen? In den Nachrichten? Wie aufregend war das denn?!

Die Zeit bis sieben Uhr abends zog sich schier endlos hin. Der Minutenzeiger der Küchenuhr schlich im halben Schneckentempo vorwärts. Linus hätte ihm am liebsten einen kräftigen Schubs gegeben.

»Er wird nicht schneller, wenn du ihn so anstarrst«, sagte Siri und legte ein Kartenspiel auf den Tisch.

Um kurz vor sieben am Abend trafen sich alle, die heute mitgeholfen hatten, bei Mario und Tilda im

Wohnzimmer. So viele Leute! Sie saßen ganz eng aneinander, fünf auf dem Sofa, drei im Sessel, je zwei auf den Stühlen und der Rest auf dem Fußboden, damit jeder freie Sicht auf den Fernseher hatte.

Zuerst kamen die Weltnachrichten. Dann die Sportereignisse. Meine Güte, warum dauerte das so lange? Erst ganz am Ende kam die Chefin des Fernsehteams ins Bild.

»Und nun endlich mal eine erfreuliche Nachricht«, eröffnete sie ihre Reportage. »Was unschön begann, nämlich mit einer heimtückischen nächtlichen Farbbeutelattacke auf das Haus einer älteren alleinlebenden Dame, dagegen setzten sich fünf unerschrockene Kinder zur Wehr. Sie beschlossen der älteren Dame zu helfen. Mit Unterstützung eines Journalistenkollegen, einer Gerüstbaufirma und den Auszubildenden eines Malerbetriebs sorgten sie dafür, dass das Übel beseitigt wurde und das Haus in neuem Glanz erstrahlen darf. Wir haben mit allen gesprochen.«

Linus ergriff die Hand seiner Schwester, die genauso schweißnass war wie seine eigene.

Gebannt verfolgten alle die Zusammenschnitte

der Interviews. Sogar Herr Abendrot durfte zwei Mal ins Mikrophon bellen. Danach wurden die frisch gestrichenen Häuserwände gezeigt und im Vergleich dazu Fotos von den farbverkleckstenWänden in die Kamera gehalten. Zum Schluss folgte ein Gruppenbild mit allen, die mitgeholfen hatten. Die Fernsehfrau berichtete auch über die Hintergründe. Dass die Gemeinde das Grundstück haben wollte, um ein Luxushotel und einen Golfplatz zu bauen. Dass Wanda beschuldigt worden war, Schweine und Ferkel gestohlen zu haben, nur um sie in ein schlechtes Licht zu rücken und sie so mürbe zu machen, dass sie ihr Grundstück schließlich verkaufte.

»Gegen diese unerquickliche Mischung aus Unmoral und skrupelloser Gewinnmaximierung sind fünf Kinder und ihre Mitstreiter unerschrocken ins Feld gezogen«, fuhr sie fort. »Das ist eine höchst lobenswerte Form von kreativem gewaltfreiem Widerstand. Daran könnten sich viele Erwachsene ein Beispiel nehmen«, sagte die Fernsehfrau am Ende ihres Beitrags. »Wir werden diese außergewöhnliche Aktion weiter begleiten und Sie, liebe

Zuschauerinnen und Zuschauer, über den Fortgang auf dem Laufenden halten.«

Dann kam der Wetterbericht, für den sich aber keiner mehr interessierte.

Die Kinder sprangen auf, sie fielen sich in die Arme und jubelten, bis sie heiser waren.

Tilda ließ die Apfelschorle zischen, Mario öffnete eine Flasche Sekt für die Erwachsenen.

»Prost, Prost, Prost!«, rief er mit erhobenem Glas in die Runde. »Auf unseren kreativen gewaltfreien Widerstand und natürlich: auf unsere unerschrockenen Kinder!«

»Ein bisschen Angst hatten wir schon!«, rief Linus dazwischen. »Zumindest meine Schwester«, grinste er.

»Na, dann eben: Auf unsere nahezu unerschrockenen Fünf!«, lachte Mario.

Sie ließen die Gläser klirren und griffen in die Schalen mit Salzbrezeln und Chips.

»Was ist kreativ?«, raunte Linus seiner Schwester ins Ohr.

»Wenn man phantasievoll ist«, flüsterte sie zurück.

»Und skrupellos?«

»Keine Ahnung.«

»Und Gewinnmaximierung?«

»Wenn man so viel Geld wie möglich aus einer Sache rausholen will und alles andere egal ist.«

»Ach so. Verstehe.« Linus nickte. »Das Wort merke ich mir.«

Nicht nur die nahezu unerschrockenen Fünf und ihre Freunde hatten die Nachrichten mitverfolgt, sondern auch der ganze Rest von Oberunterlinksrechtshausen.

Fritz und Henny Eierhals tobten in ihrer Kneipe. Aufgeregt schimpfend liefen sie mit hochroten Köpfen hin und her, als hätten sie zehn scharfe Chilischoten in ihren Backentaschen. Brigitte Bobbes-Bimsstein war tödlich beleidigt und erwägte, eine Klage wegen Verleumdung anzustrengen. Sie telefonierte sofort mit einem Rechtsanwalt und kriegte einen Nervenzusammenbruch, als er ihr sagte, die Klage hätte keinerlei Aussicht auf Erfolg. Außerdem würde er sie sowieso nicht vertreten wollen. Er fände nämlich, die Kinder hätten recht.

Ferdinand Erbswurst rief vor Panik hechelnd seinen Oberboss an und beichtete, dass er Mist gebaut hatte. Zu Hause bei Bauer Krummbier flippte die Oma aus. Sie hatte zwar keine rechte Ahnung, worum es ging. Aber – das kapierte sie – es konnte nichts Gutes sein, was ihr Sohn und seine Kumpane da angestellt hatten.

»Du Depp, du blöder Depp, du!«, schimpfte sie und briet ihm mit der zusammengerollten Zeitung eins über. »In meinem Haus wird nicht beschissen. Wir sind ehrliche Leute!«

Der Bauer, der schon vorher ziemlich Kopfweh gehabt hatte, rieb sich den Schädel und verließ wutschnaubend die Küche. Im Stall klagte er den Schweinen und Ferkeln sein Leid. Den grunzenden rosa Vierbeinern war es egal. Sie interessierten sich nur für das Futter, das er in ihre Tröge schaufelte.

Wenn Krummbier und die anderen glaubten, mit dem Fernsehbericht sei alles erledigt und die Leute würden die Sache vergessen, lagen sie falsch.

Am nächsten Tag stand wieder ein Bericht in der Lokalzeitung.

»Diese Halunken müssen sich jetzt warm anziehen«, grinste Mario und legte die Zeitung auf den Tisch, an dem alle Fünf frühstückten.

Erwin las den anderen den Artikel vor. Eine halbe Seite mit Text, eine halbe Seite mit Fotos.

Mario, der den Artikel verfasst hatte, hatte nichts weggelassen. Und sein Chef hatte keinen Satz gestrichen.

»Die Sache ist noch nicht zu Ende«, lautete der Schlusssatz.

»So ist es!« Tilda grinste verwegen.

Ihre Freunde kannten dieses Grinsen. Es bedeutete, dass sie schon einen Plan hatte.

»Also, ich habe folgende Idee ...«, begann Tilda zu erzählen.

Und ihr Plan war besser als die Ideen, die Siri und Linus gesammelt hatten.

19. Kapitel

Während die Kinder Tildas Plan diskutierten, begann es heftig zu brodeln in Oberunterlinksrechtshausen. Die Leute gingen auf die Straße und redeten miteinander.

»Der Eierhals denkt wohl, er kann uns veräppeln!«, sagten die einen.

»Hätten wir das alles gewusst, hätten wir nie für dieses Bauvorhaben gestimmt«, sagten die anderen.

In Windeseile formierte sich eine Bürgerinitiative gegen den Bau des Hotels und Golfplatzes. Sie stellten Fritz und Henny Eierhals zur Rede und verlangten lückenlose Aufklärung. Ferdinand Erbswurst bekam einen Rüffel von seinem Chef. Brigitte Bobbes-Bimsstein lief haareraufend durch die Straßen und rief immerzu: »Das hab ich doch nur für euch getan! Ehrenamtlich! Für euch!« Bauer Krummbier packte seinen Koffer, um nach Kanada auszuwandern. Bis seine Mutter reinkam. »In meinem Haus wir nicht gekniffen! Wer Mist baut, muss ihn auch wieder wegräumen! Du bleibst hier!«, rief sie und klappte den Kofferdeckel zu. Leider war sein Daumen noch dazwischen.

Bei Mario in der Redaktion glühten die Telefondrähte. Journalisten aus dem ganzen Land riefen an, wollten Informationen haben, um auch darüber zu schreiben. Andere reisten gleich persönlich an. Übertragungswagen verschiedener TV-Sender fuhren durchs Dorf und fragten nach Wandas Haus.

Zur selben Zeit beendeten die nahezu unerschrockenen Fünf ihre Besprechung.

»Sind alle einverstanden?«, fragte Tilda in die Runde.

»Einverstanden!«, riefen die anderen vier.

»Dann nichts wie los!«

Sie standen auf und verließen das Haus. Entschlossen liefen sie die Straße entlang, als der Wagen eines TV-Senders anhielt und der Fahrer die Scheibe herunterließ.

»Wisst ihr, wo wir Wanda finden?«, fragte der Mann mit dem roten Basecap.

»Na klar. Sie müssen ...«, begann Fine, wurde aber von Linus unterbrochen.

»Wir wissen das sehr genau, weil wir die Freunde von Wanda sind«, sagte er stolz. »Wir sind nämlich die berühmten Kinder aus den Fernsehnachrichten.«

Siri kniff ihrem Bruder in die Seite, weil es ihr peinlich war, dass er so prahlte.

Fine setzte wieder an zu erklären, dieses Mal wurde sie von Tilda unterbrochen.

»Wollen Sie nicht mit uns kommen? Dann sind Sie die Ersten, die erfahren, was wir als Nächstes vorhaben.«

Der Fahrer tauschte einen Blick mit seiner Beifahrerin. Die sprang sofort aus dem Wagen und ging auf die Kinder zu.

»Das ist ja wunderbar«, sagte sie und begrüßte die Fünf mit Handschlag. »Ich bin Felicitas Friemel, ich berichte für die ›A bis Z-News‹, einem Privatsender mit höchster Reichweite. Ich würde mich freuen, eure Aktion begleiten zu dürfen.«

Tilda nickte und flüsterte Erwin etwas ins Ohr.

»Haben Sie vielleicht ein Megaphon?«, fragte Tilda, und Frau Friemel bot an, den Lautsprecher zu benutzen, der im Übertragungswagen eingebaut war.

»Meine Freunde haben noch etwas zu erledigen, aber ich komme mit ihnen.« Sie stieg ein, und der Übertragungswagen fuhr langsam los.

Tilda griff sich das Mikro, der Fahrer schaltete den Lautsprecher ein.

»Achtung, Achtung!«, brüllte Tilda so laut ins Mikro, dass es in höchsten Tönen fiepte und quietschte.

Frau Friemel riet ihr, ganz normal zu sprechen, schließlich sei der Lautsprecher dafür da, ihre Worte laut zu machen.

Tilda machte einen zweiten Versuch.

»Achtung, Achtung!«

Nichts fiepte mehr.

»Liebe Mitbürgerinnen und Mitbürger. Wir laden sie recht herzlich ein zu einer Bürgerversammlung. Zur besten Bürgerversammlung, die die Welt je hatte. Und wenn nicht die Welt, dann wenigstens Oberunterlinksrechtshausen!«

Tilda sprach langsam und deutlich. Die Leute, die sowieso auf der Straße waren, hörten zu. Einige Fenster wurden geöffnet, die Bewohner schauten heraus und spitzten die Ohren, um nichts zu verpassen. Der Wagen fuhr im Schritttempo weiter.

»Wir treffen uns alle heute Abend um sechs im Saal der Goldenen Linde. Es geht um die Zukunft unseres Dorfes. Bitte kommen Sie alle. Danke und bis gleich.«

Diese Rede wiederholte Tilda so lange, bis sie alle Straßen in Oberunterlinksrechtshausen abgefahren hatten.

»Du bist ja ein echter Profi!«, sagte Frau Friemel begeistert. »Wenn du nichts anderes vorhast, kannst du später mal bei uns arbeiten!«

Tilda bedankte sich und wollte es sich überlegen. Doch erst einmal hatte sie vor, zusammen mit ihren Freunden die Bürgerversammlung zu leiten. Sie war aufgeregt und hatte Herzklopfen. Doch das sollte keiner wissen.

»Kuckt mal! Die Leute kommen tatsächlich!«, rief der Fahrer begeistert.

Sie hatten den Wagen bereits vor der Goldenen Linde geparkt und sahen erstaunt zu, wie die Bewohner von Oberunterlinksrechtshausen herbeiströmten.

Auch ein paar Wagen mit fremden Kennzeichen kamen angefahren und suchten sich Parkplätze. Frau Friemel erkannte sofort, dass in den Wagen Journalisten und Fotografen von anderen Medien saßen.

»Woher wissen die ...?« Frau Friemel stockte, als sie sah, dass auch noch zwei Ü-Wagen anderer Fernsehsender vorfuhren.

»Wir haben Ihnen keine Exklusiv-Story versprochen«, sagte Tilda augenzwinkernd. »Meine Freunde haben in der Zwischenzeit den anderen Journalisten Bescheid gesagt. Wir wollen schließlich, dass alle berichten.«

Wohl oder übel gab sich Frau Friemel damit ab, verlangte aber wenigstens einen guten Platz für ihre Kamera.

Tilda war es egal, sie war zu aufgeregt, um jetzt noch zu verhandeln. Sie stieg aus und lief zu ihren Freunden, die bereits an der Tür zur Gaststätte auf sie warteten. Gemeinsam gingen sie hinein und steuerten auf den Saal zu. Überwältigt von der Menge an Menschen, die sich versammelt hatten, blieben sie an der offenen Tür stehen.

»Oh«, entfuhr es Fine. »So viele?«

Erwin atmete tief ein und straffte seinen Rücken »Jetzt bloß nicht aufgeben. Wir sind die unerschrockenen Fünf.«

»Die nahezu unerschrockenen Fünf«, flüsterte Linus mit schlotternden Knien.

Erwin ging voraus, die anderen vier folgten. Gemeinsam erklommen sie die Bühne und stellten sich nebeneinander auf.

»Ihr habt den Saal nicht gemietet. Ihr müsst wieder gehen!«, empörte sich Henny Eierhals und stürmte nach vorn.

»Halt die Klappe, Henny«, sagte Uropa, der mit

seiner Gitarre ganz vorne an der Bühne saß. »Jetzt sind die Kinder dran, und du bist still.«

Henny geiferte und blubberte etwas, das keiner verstand.

Jetzt tauchte auch Oma Krummbier auf. Zusammen mit ihrem Sohn, den sie durch die Reihen nach vorn schob. Nur widerwillig befolgte er den Befehl seiner Mutter, sich in die erste Reihe zu setzen, wo auch Uropa saß.

»Schöne Frau, setzen Sie sich doch bitte neben mich«, sagte Uropa zu Oma Krummbier und schenkte ihr sein schönstes Lächeln.

Oma schien es überhaupt nicht zu stören, dass einer seiner Vorderzähne fehlte.

»Aber gern, junger Mann.« Sie nahm neben ihm Platz und strich über ihre Kittelschürze, als trüge sie ein kostbares Ballkleid.

Endlich betraten auch Wanda und Mario den Saal. Ein Blitzlichtgewitter empfing sie und endete erst, als die beiden ihre Plätze eingenommen hatten.

Wanda hatte ihr Haarnest zur Feier des Tages mit einem Blütenkranz geschmückt, aus dessen

Mitte Aprikose hervorlugte. Das laut zwitschernde Vögelchen zog die Fotografen und Kameraleute magisch an.

Die fünf nahezu Unerschrockenen winkten Wanda und Mario zu.

Endlich konnte es losgehen.

»Guten Abend, meine sehr geehrten Damen und Herren«, eröffnete Erwin die Versammlung. »Danke, dass Sie alle gekommen sind. Auch Wanda. Herzlich willkommen.«

Applaus der Anwesenden. Bis auf Eierhals und Kumpane. Die schmollten.

»Sie haben bestimmt gestern die Nachrichten gesehen oder Zeitung gelesen und wissen, worum es geht«, fuhr Erwin fort.

Applaus der Anwesenden. Bis auf Eierhals und Kumpane. Die schmollten.

»Viele haben uns unterstützt, das Haus von Wanda Wunderlich wieder in Ordnung zu bringen«, sagte Erwin und zeigte auf die Helferinnen und Helfer, die links von der Bühne saßen.

»Und nun ist es an der Zeit, auch die anderen Dinge wieder in Ordnung zu bringen«, übernahm

Tilda und richtete ihren Blick der Reihe nach auf Henny und Fritz Eierhals, auf Bauer Krummbier, auf Ferdinand Erbswurst und Brigitte Bobbes-Bimsstein.

»Das hab ich doch nur für euch getan! Ehrenamtlich! Für euch!«, rief Brigitte Bobbes-Bimsstein mit tränenerstickter Stimme.

Einige schüttelten verständnislos den Kopf.

»Lächerliches Schmierentheater!«, rief Uropa.

Einige lachten.

»Hör auf zu zischen, du falsche Schlange«, rief eine Frau und erntete zustimmenden Beifall.

»Was ist Ehrenamt?«, fragte Linus leise.

»Wenn man kein Geld für seine Arbeit bekommt«, antwortete Erwin.

»Was für eine Arbeit?«

»Eben. Das frag ich mich auch.«

Der Applaus verebbte, und Tilda übernahm wieder das Wort. Sie wandte sich direkt an die Übeltäter und sprach sie einzeln mit Namen an.

»Bestimmt fühlen Sie sich jetzt ganz mies, weil sie so einen Quatsch gemacht haben«, sagte sie dann.

Die Mehrzahl der Anwesenden klopfte Zustimmung mit den Knöcheln auf die Holztische.

Fine trat einen Schritt nach vorn und beugte sich runter zu den Übeltätern. »Das ist kein schönes Gefühl. Oder was sagen Sie dazu? Herr und Frau Eierhals? Herr Krummbier? Frau Bobbes-Bimsstein? Herr Erbswurst?«

Die TV-Kameras schwenkten von den Kindern zu den peinlich Bedröppelten.

»Das verstehen wir«, sagte Siri. »Das verstehen wir sehr gut. Deshalb haben wir uns überlegt, was Sie tun können, damit Sie sich wieder besser fühlen.«

Ein Raunen ging durch die Reihen. Einer rief: »Was habt ihr vor?«

Fritz Eierhals und seine Kumpane schwiegen, betreten.

»Es ist ganz einfach. Sie werden tun, was wir auch getan haben«, sagte Tilda. »Sie werden Ihre Häuser bunt anmalen. Mit Bildern, die Sie schön finden. Egal, was Sie malen, es muss nur phantasievoll sein.«

Angespannte Stille legte sich über den Saal.

Eine Journalistin hielt Fritz ein Mikro unter die Nase. »Was sagen Sie zu dem Vorschlag der Kinder, Herr Eierhals? Werden Sie Ihr Haus bunt anmalen?«

Die TV-Kameras rückten ihm dicht auf die Pelle und fingen nicht nur Fritz' verdutztes Gesicht ein, sie vergrößerten auch die glitzernden Schweißperlen auf seiner Stirn. Wie sehr er sich bedrängt fühlte, war nicht zu übersehen und nicht zu überhören. Er fing an zu stottern, ohne jedoch ein einziges verständliches Wort herauszubringen.

Uropa war der Erste, der in die Hände klatschte. »Jawoll!«, rief er begeistert. »Jawoll! Sein Haus soll er anmalen! Alle sollen ihr Haus anmalen!«

»Ja!« Oma Krummbier hüpfte auf und vergaß dabei vor lauter Begeisterung, dass ihre Beine schwach waren und die Hüften weh taten. »Strafe muss sein!«, johlte sie. »Ihr Lümmel!«

Tosender Applaus setzte ein. Die Leute hielt es nicht mehr auf ihren Sitzen. Wanda, die nicht in den Plan der Kinder eingeweiht worden war, wäre vor Lachen fast vom Stuhl gefallen, hätte Mario sie nicht festgehalten. Aprikose, die keine Ahnung hatte, warum es plötzlich so laut wurde, flog aus ihrem blumenumkränzten Haarnest und drehte aufgeregt mehrere Runden durch den Saal.

Die Journalisten drängelten sich mit eingeschalteten Mikrophonen um die fünf, die jetzt wie Angeklagte vor Gericht aussahen.

Fritz Eierhals wusste nicht ein noch aus. Schließlich hielt er den Druck, den die Leute und die Medien ausübten, nicht mehr aus.

»Von mir aus!«, platzte es aus ihm heraus. »Dann mach ich das halt! Ich male mein Haus an!«

Applaus. Applaus. Applaus.

Die Kinder setzten eine Frist von zehn Tagen. Dann wollten sie Ergebnisse sehen. Und die Presse wollte selbstverständlich wieder mit dabei sein.

Allen fünf Übeltätern war klar: Jetzt gab es kein Entrinnen mehr.

»Werden Sie mit dem Investor sprechen und Ihre Versprechen zurücknehmen? Werden Sie den Bau des Luxushotels und des Golfplatzes verhindern? Was genau haben Sie in dieser Hinsicht vor?«

Felicitas Friemel durchbohrte Fritz Eierhals mit einem Blick, für den sie eigentlich einen Waffenschein gebraucht hätte.

Derart in die Ecke getrieben, verließ Fritz Eierhals wütend den Saal. Seine Frau und die anderen drei hasteten wie aufgescheuchte Hühner hinterher.

20. Kapitel

Bereits am Abend berichteten verschiedene Fernsehsender über die Bürgerversammlung, die die Kinder einberufen hatten. In den sozialen Medien schrieben Zeitungen, Zeitschriften und Blogger über die Geschehnisse.

Fotos der nahezu unerschrockenen Fünf machten die Runde im Internet, sie wurden geliket, weitergereicht, geteilt und mit mutmachenden Unterschriften versehen. »Weiter so!« und »Ihr seid einsame Spitze!« oder »Solche Kinder braucht das Land!« Eine Bloggerin schrieb sogar »Diese fünf mutigen Kinder retten ihre Welt.«

Eine Welle der Sympathie überrollte Wanda und die Fünf.

Die Fotos der Angeklagten waren dagegen wenig schmeichelhaft. Sie zeigten Fritz Eierhals mit rotglänzender Birne und wutverzerrtem Gesicht. Auf einem anderen Bild wedelte Henny Eierhals schimpfend mit einem nassen Putzlappen. Brigitte Bobbes-Bimsstein standen die Haare schnurgerade in die Höhe, als wäre der Blitz in sie eingeschlagen. Auf einem Schnappschuss von Ferdinand Erbswurst sah man, wie er versuchte, heimlich durch den Hinterausgang zu entfliehen. Und Bauer Krummbier war geknipst worden, als er sich mit gesenktem Kopf die Standpauke seiner Mutter anhörte.

Auf der Seite, die Mario eingerichtet hatte, gingen Grußbotschaften und Lobesnachrichten ein, Leute fragten, wie sie helfen könnten oder baten darum, die Kontonummer des Spendenkontos noch einmal zu veröffentlichen.

Die Telefone von Mario, Wanda und den Kindern standen nicht mehr still. Interviewanfragen rauschten herein, und Kinder von anderen Schulen ließen fragen, ob die nahezu Unerschrockenen an ihrer Schule einen Vortrag über kreativen gewaltfreien Widerstand halten könnten. Manche baten sogar um Autogramme.

Binnen weniger Stunden kamen tausende Likes zusammen. Das Video, das ein freier Journalist auf seinem Videokanal veröffentlich hatte, verzeichnete bis zum nächsten Morgen bereits über zehntausend Aufrufe.

Das Leben der Kinder veränderte sich schlagartig. Nichts war mehr wie vorher. Auch Wandas Alltag war nun ein anderer. Leute kamen vorbei, brachten Blumen oder Kekse, machten Fotos von ihr, von ihrem Haus, von Hund, Katze und Hühnern.

Die Verurteilten trafen sich, hielten eine geheime Besprechung im Hinterzimmer und verfielen danach in hektische Betriebsamkeit. Erbswurst organisierte einen Pick-up, auf dessen Ladefläche sie ihre Einkäufe aus dem Baumarkt nach Hause transportieren konnten. Sie kauften Farbe, Pinsel, Eimer und andere Malerutensilien, sie ließen Gerüste stellen und die Häuser mit Planen verhüllen, damit keiner sie bei der Arbeit beobachten konnte.

Zu gern hätte Linus hinter die Planen gelugt, aber seine Freunde ließen ihn nicht.

»Das ist eine Sache der Fairness«, sagte Erwin. »Sie haben uns nicht vorgeschrieben, was wir auf Wandas Haus malen. Wir schreiben ihnen nicht vor, wie sie ihr Haus anmalen. Und gespickt wird nicht.«

Linus vertrieb sich die Zeit, indem er hundert- oder tausendmal ausrechnete, wie viele Tage, Stunden, Minuten und Sekunden es noch waren, bis sie die Häuser endlich sehen durften. Und wenn er gerade mal nicht rechnete, backte er Pfannkuchen und übte das Hochwerfen und Wenden in der Luft. Einmal misslang ihm der Teig, er wurde so schwer und fest wie Zement. Gleich der erste Pfannkuchen, den er hochwarf, blieb an der Decke kleben. Auch dem nächsten und übernächsten verpasste er so viel Schwung, dass sie an die Decke klatschten und nicht runterfallen wollten.

Sein Vater runzelte die Stirn, als er das Pfannkuchenkunstwerk sah. »Anstreichen wird dein neues Hobby, vermute ich«, sagte er. »Wenn das hier alles rum ist, darfst du nämlich die Küche neu streichen. Inklusive Decke.«

»Wenn's weiter nichts ist«, sagte Linus und dachte an seine neuen Freunde, die Azubis von der Malerfirma. Die würden ihm bestimmt helfen.

Endlich. Endlich war es so weit. Heute Nachmittag sollten die Häuser enthüllt und der Öffentlichkeit vorgestellt werden.

Die Presse war bereits eine Stunde vorher da. Sie bauten ihre Kameras auf und befragten Anwohner von Oberunterlinksrechtshausen nach ihrer Meinung zu der Aktion, um ein »Stimmungsbild« zu zeichnen, wie sich Felicitas Friemel ausdrückte.

»So einen Trubel hatten wir hier noch nie!«, freute sich Wanda und umarmte die Kinder.

Pünktlich um vier Uhr nachmittags traten Henny und Fritz Eierhals vor den Gasthof Goldene Linde. Oben auf dem Gerüst standen ihre Küchenhilfen Sharif und Edeltraud.

»Liebe Mitbürgerinnen und Mitbürger«, begann Fritz Eierhals. »Wir sind stolz, euch unser Haus präsentieren zu können, das wir zur Verschönerung unseres Dorfes neu gestaltet haben. Unsere Idee war ja, dass ...«

»Red keinen Stuss!«, rief Erwin.

»Das war unsere Idee, nicht deine!«, schleuderte Linus hinterher.

Eierhals hielt inne, räusperte sich und fuhr fort: »Wir haben die Idee dieser fünf Kinder, Tilda ... äh ...«

»Sie heißen Tilda, Erwin, Fine, Linus und Siri«, rief Mario. »Die Namen sollten sie sich merken!«

»Genau«, lächelte Fritz Eierhals peinlich berührt. »So heißen sie. Aber lasst uns nicht lange reden. Hier ist es! Unser neues Haus!«

Er gab Sharif und Edeltraud ein Zeichen, die Schlaufen zu lösen, mit denen die Plane am Gerüst befestigt war.

Die Plane fiel.

»Oh!« und »Ah!«, riefen die Leute und rieben sich die Augen.

Keine Spur mehr von dem früheren schmuddeligen Grau. Der Untergrund war blütenweiß gestrichen, darauf war eine Landschaft gemalt. Mit kleinen Häuschen, Wiesen mit weidenden Schafen und Kühen, einem Wald, einem Bach und vielen vollbehangenen Apfelbäumen. Durch das Bild fuhr eine altmodische Dampflokomotive, die sieben genauso altmodische Waggons zog.

»Das ist ja cool!«, rief Wanda und lief auf Fritz und Henny Eierhals zu, um sie zu beglückwünschen.

Fritz kriegte rote Bäckchen. »Ich bin halt Eisenbahnfan«, lächelte er etwas verlegen. »Das ist die originalgetreue Abbildung der Eisenbahn, die ich in meinem Keller stehen habe.«

»Die wir in unserem Keller stehen haben«, korrigierte ihn Henny und drückte ihrem Mann ein Küsschen auf die Wange. »So haben wir uns nämlich kennengelernt. Beim Jahrestreffen des Dampflokomotiven-Fanclubs im Jahr 1978. Wir haben uns sofort ineinander verliebt, als wir merkten, dass wir dasselbe Hobby haben.«

Fritz erwiderte das Küsschen seiner Frau. »Stimmt. Genauso war es, mein Liebes.«

Was hatte er gesagt? »Mein Liebes?« Die Leute waren platt. Eigentlich waren sie doppelt platt.

Einmal wegen des tollen Wandgemäldes und einmal wegen der Liebesgeschichte.

»Die sind ja süß«, flüsterte Siri Tilda ins Ohr.

»Na ja, süß vielleicht nicht«, flüsterte Tilda zurück. »Aber vielleicht sind die Eierhälse doch nicht solche Deppen, wie wir dachten.«

Felicitas Friemel preschte vor. »Haben Sie das wirklich selbst gemacht? Ohne fremde Hilfe?«, fragte sie und hielt Fritz das Mikro hin.

»Ja. Meine Frau Henny und ich. Wir wussten selbst nicht, dass wir so gut malen können«, strahlte er.

Neugierig, wie die anderen Häuser aussahen, zog die Gästeschar weiter. Es waren nur zweihundert Meter bis zum Haus von Brigitte Bobbes-Bimsstein. Die Leute drängten durch das schmale Gartentor hinein in den Vorgarten, und zwei Nachbarn ließen die Plane herunter.

Die ehemalige Lehrerin hatte alle vier Seiten ihres Hauses in ein riesiges Kreuzworträtsel verwandelt. Schwarze Kästchen auf weißem Grund. In einigen standen die Fragen, die Mehrzahl war leer zum Einfüllen der Antworten. Pro Kästchen ein Buchstabe, die dann zusammen das gesuchte Lösungswort ergaben.

Frau Bobbes-Bimsstein verriet, dass sie seit einiger Zeit ihre Rente mit dem Erstellen von Kreuzworträtseln aufbesserte. Früher dachte sie sich jedes Rätsel selbst aus, dann entwickelte sie ein eigenes Computerprogramm, das die Fragen und Antworten speicherte und ausrechnete, wie die Wörter längs und quer zusammenpassten.

»Alle Achtung.« Wanda nickte anerkennend. »Das hätte ich dir gar nicht zugetraut, Biggi. Wenn du mir die Offenheit verzeihst.«

Biggi nickte. »Schon gut. Ich gebe es nicht gern zu, aber es hat Spaß gemacht.«

Die nächste Station war weiter weg: Der Bauernhof von Bauer Krummbier. Manche Leute fuhren mit dem Fahrrad, die meisten nutzten ihre Autos und fuhren im Konvoi zum Hof.

Weil sein Haus nur eingerüstet, aber nicht verhüllt war, konnten alle sofort sehen, dass sein Wandgemälde noch nicht fertig war. Das rechte obere Viertel war unbehandelt, der ganze Rest aber war übersät mit runden rosafarbenen Schweineschnäuzchen. Eng an eng aufgestempelt im Kartoffeldruck ergaben sie ein hübsches Muster und ließen das Bauernhaus aussehen wie ein Märchenschloss.

»Das mit dem Kartoffeldruck war allein meine Idee«, sagte Bauer Krummbier. »Aber Mutter hat darauf bestanden, dass ich Schweineschnäuzchen draufstempele. Wegen Strafe muss sein und so. Weil ich die doch damals selbst entführt habe und nicht die Wanda. Sie verstehen?«

Alle verstanden. Auch, dass Oma Krummbier anscheinend doch nicht so durcheinander war, wie sie alle glauben machen wollte.

Krummbier holte tief Luft. »Und außerdem werde ich Wanda bis an ihr Lebensende kostenlos das Getreide für ihre Hühner liefern. Es tut mir leid, was ich Wanda angetan habe.« Bauer Krummbier senkte beschämt den Blick.

Die Leute standen reglos da. Sekundenlang. Bis endlich jemand anfing zu applaudieren. Andere stimmten ein.

»Schon gut«, brummte Bauer Krummbier, dem das Lob sichtlich unangenehm war.

»Ich weiß gar nicht, welches Haus ich am schönsten finde«, sagte eine Frau zu ihrem Mann.

Und genauso ging es den Kindern auch.

»Los! Wir fahren zu Erbswurst!«, winkte Felicitas Friemel in die Menge und stieg in ihren Wagen. Der Konvoi zog weiter.

Im Nachbarort vor dem Haus des Bankdirektors angekommen, empfing sie eine weitere Überraschung. Ferdinand Erbswurst hatte sein Haus rundum in ein Aquarium verwandelt. Kein echtes natürlich. Keines, das mit Wasser gefüllt war. Aber so bemalt, dass es genauso aussah wie ein echtes. Mit unzähligen bunten Fischen, die im bläulich schimmernden Wasser schwammen. Die Sträucher, die er dafür frisch vor dem Haus eingepflanzt hatte, sahen fast aus wie Wasserpflanzen.

Genau wie die anderen vor ihm, kriegte auch er jede Menge Applaus und Lob.

Am liebsten hätte Ferdinand Erbswurst auf der Stelle einen Vortrag über die artgerechte Haltung von Fischen im Aquarium gehalten, aber Henny und Fritz Eierhals drängten zum Aufbruch. Sie luden alle Anwesenden zu Kaffee und Kuchen ein,

um diesen Tag, der in die Geschichte des Dorfes Oberunterlinksrechtshausen eingehen sollte, würdig zu beenden.

Bevor die Gäste sich am Kuchenbüfett bedienen durften hielt Fritz noch eine Rede. Aber nur eine kurze. Vielleicht zehn oder zwölf Sätze. »Wären die Kinder nicht gewesen, hätten wir's nie kapiert«, sagte er zum Schluss, und das war der wichtigste Satz überhaupt.

Tja. Das war der Tag, an dem Oberunterlinksrechtshausen richtig berühmt wurde. Auch ohne Luxushotel und Golfplatz und Schwimmbad für Hotelgäste. Nun reisten Touristen in Bussen an, um sich die bemalten Häuser anzuschauen. Denn in wenigen Wochen hatten alle Bewohner des Dorfes ihre Häuser frisch angestrichen. Jeder so, wie es ihm gerade gefiel.

Die Eltern von Fine und Erwin mussten ihre Bäckerei nicht schließen. Im Gegenteil. Sie stellten noch eine Bäckerin und einen Bäcker ein, weil die Nachfrage nach Mutprobenbrot, Wandaweckerl und süßen Aprikosennestchen so groß war.

Eine Autowerkstatt spendierte Maries Käfer

schwarze Punkte und eine Aufschrift »Marienkäfer-Express«, damit sie nach Schulschluss Besichtigungstouren durch das Dorf anbieten konnte. Uropa schenkte Oma Krummbier einen jungen Schäferhund, dem sie den Namen Axel gab.

Das Geld, das auf dem Spendenkonto einging – es waren am Ende 5798 Euro – ließen Wanda und die Kinder anderen guten Zwecken zukommen. Sie brauchten es nicht mehr.

Wanda behielt nicht nur ihr Haus und ihr Grundstück, sie baute sogar ein neues Holzhaus am See, das sie den Kindern schenkte. Dorthin können sich die Fünf zurückziehen, wenn ihnen der ganze Rummel mal zu viel wird.

Ach ja, und auf der Bank vor der Goldenen Linde hängt jetzt ein Schild.